사막을 지나는 시간

사막을 지나는 시간

제1판 제1쇄   2022년 2월 22일
제1판 제3쇄   2023년 1월 17일

지은이   강미
펴낸이   이광호
주간   이근혜
편집   박지현 홍근철
펴낸곳   ㈜**문학과지성사**
등록번호   제1993-000098호
주소   04034 서울 마포구 잔다리로7길 18 (서교동 377-20)
전화   02) 338-7224
팩스   02) 323-4180(편집)   02) 338-7221(영업)
전자우편   moonji@moonji.com
홈페이지   www.moonji.com

© 강미, 2022. Printed in Seoul, Korea.

ISBN 978-89-320-3950-3 43810

사막을
지나는
시간

강미 연작소설

문학과지성사

차례

적응
─ 민준 1

샌드위치를 먹던 민준이 차창 밖을 본다. 등교 시간이라 학교 앞 거리에는 밤색 재킷이 그득하다. 대부분 휴대전화를 보고 있다. 서로 부딪치지 않는 게 신기할 정도다. 신호에 따라 자동차가 다시 움직이는 순간, 자전거 거치대에 걸려 넘어지는 녀석을 보았다. 사공현이었다. 미친놈, 민준이 무심결에 내뱉었다.

"뭐라고?"

어머니가 백미러를 보며 말했다.

"아니요, 바깥 쳐다보다가……"

"빨리 먹어. 다 왔어."

"어어, 여기서 내려야 하는데. 혼난단 말이에요."

"괜찮아, 학원 차들 때문에 하는 소리지, 우리는 교문 앞에 잠시 붙일 거라 상관없어."

어머니가 고개를 반쯤 돌리며 말했다.

"아드님은 이런 건 신경 안 써도 된답니다. 이번 주말에 성적표 보여드려야 하는데 국어 때문에 걱정이거든요. 고등학교 첫 모의고사 성적이 3년 간다는 말, 잊으면 안 됩니다요."

백미러로 자신의 표정을 살피는 어머니와 눈이 마주친다. 어머니는 민준이 부담스러워할 만한 말을 할 때면 느릿한 높임말로 눙치곤 했다. 대개는 대학이나 성적과 관련된 말이었다. 민준은 저도 모르게 입술을 씰룩거렸다. 결혼 이후 줄곧 할아버지 마음을 얻기 위해 살아온 어머니는 시집 재산을 뭉텅 받아낼 수 있는 최선의 길을 찾았다. 민준을 ○○대 의대에 보내기! 과학고 진학 실패 후 어머니가 새롭게 정한 목표였다. 할아버지가 만족할 만한 직업, 장손 민준이 이루어야 할 지상 과제이기도 했다.

"어, 안녕하세요."

차에서 내리던 민준은 당황하며 고개를 숙였다. 하필, 조선희 선생이다. 교통 지도 중인가 보았다. 선생이 경광봉을 가로로 들어 학생들에게 길을 터주는 동안, 밤색 재킷 군단이 우르르 건널목을 건넜다. 어머니 차는 벌써 저만치 내빼고 있었다. 민준은 머쓱한 표정으로 교문 안에 들어섰다.

"김강비, 우리가 지금 읽고 있는 책 제목이 뭐지요?"

"예? 아, 예. 『내 이름은 공동체입니다』요."

"흐흐, 당황하기는…… 이창우, 지난 시간까지 뭘 했는지 말해 봐요."

"음, 1부 읽은 다음에 학습공책에 요약했고 2, 3부는 읽기만 하라고……"

"맞아요. 잘했어요. 1부는 공동체에 대한 원론적인 이야기라 책 흐름 따라 정리했고, 지난주 두 시간은 2, 3부를 읽기만 했어요. 책에 줄 그은 사람, 손?"

여기저기서 몇몇 손이 올라간다. 민준은 만족스러워하는 선생의 얼굴이 못마땅했다. 줄을 그으면 글이 한결 명확하게 읽힌다고 하지만 민준의 생각은 달랐다. 제대로 읽었는지 체크하려는 것일 텐데, 책에 흠집 내는 게 싫은 민준에게는 일방적인 강요로 여겨졌다. 책장을 넘기며 줄만 죽죽 긋는 애들이 많다는 걸 알고나 있을까.

"에이, 아직 많지 않네요. 여러분, 내가 하는 말을 허투루 듣지 말아요. 밑줄 긋는 순간 의미가 새롭고 명확하게 들어온다니까요. 누구처럼 중고 서점에 팔 거라 안 된다고 하지 말고. 생각해봐요, 우리가 1년 동안 함께 읽는 책이고, 대학 면접 볼 때 한 번 더 보게 될 거예요. 읽은 책을 묻는 질문에 답을 해야 하니까요. 나 같으면 잘 보이는 곳에 꽂아놓고 내내 뿌듯해할 거 같아."

오늘따라 서론이 길다 싶은 순간 선생은 본론으로 접어들었다.

"한꺼번에 읽기부터 끝낸 이유는 마을 공동체를 다룬 2부와 생활협동조합을 다룬 3부가 모두 사례를 다루었기 때문이에요. 자, 읽은 내용 중에 생각나는 마을?"

거의 모든 애들 입에서 다양한 마을 이름이 나왔다. 잠잠해지길 기다린 후 선생이 다시 말했다.

"그래요, 잘했어요. 그럼 이제 오늘 할 과제를 말할게요. 자, 보세요. 여기 각각 마을 이름이 적힌 일곱 개의 쪽지가 있습니다. 성미산 마을, 홍동 마을, 성대골 마을, 장수 마을, 노원구 청구 3차 아파트, 백담 마을, 원주협동조합 이렇게요. 자, 이제 이 종이를 모둠별로 하나씩 뽑아 여러분이 그 마을 주민이 될 겁니다."

거기까지 말한 선생은 돌아서서 칠판에 '우수공동체 선정 콘테스트'라고 크게 적은 다음 설명을 덧붙였다. 그 마을의 주민이 되어 공동체가 어떻게 시작되었는지, 어떤 어려움을 겪었는지, 지금은 어떤 활동을 하는지 발표해야 한다. 주어지는 2절지와 매직 세트를 이용해 한 시간 준비, 한 시간은 콘테스트다. 이러라고 '논술' 수업은 연강으로 잡혀 있다는 고정 멘트도 뒤따른다.

"심사는 여러분 모두가 할 텐데, 그건 다음 시간에 설명할게요. 일단 시상 내역. 1등은 두 개 모둠 도장 셋, 2등은 세 개 모둠 도장 둘, 3등은 두 개 모둠 도장 하나입니다. 책 내용을 그대로 활용해도 좋고 마을 주민으로서 상상력을 더해도 좋습니다. 자, 시작합시다. 모둠장들, 앞으로 나오세요."

민준은 한숨을 쉬었다. 활동이라는 말만 들어도 싫었다. 뭔가를 함께 만들어내려면 시간만 오래 걸릴 뿐 성과는 혼자 하는 것만 못했다. 이런 비효율적인 일을 매번 해야 하다니, 민준은 참여 수업이라든지 교과융합수업이라는 것에 도무지 적응이 안 되었다. 그런데 도장, 저 도장이 문제다. 매시간 받은 도장 개수로 과정형 평가 점수가 정해진다니 족쇄도 저런 족쇄가 없다. 게다가 사회에 이어 논술 시간에도 모둠 평가라니. 짜증스럽지만 도장 세 개를 받으려면 따라갈 수밖에 없다.

모둠장 창우가 뽑아온 건 충남 홍성군에 있는 '홍동 마을'이다. 분량이 꽤 되고 특이한 점도 많으니 일단 뽑기는 성공이다.

"아무래도 한 번 더 읽어야겠지? 페이지를 나눠서 읽을까?"

둘도 없는 친구지만, 이럴 때 창우는 좀 맹하다. 원론적으로는 맞는 말이지만 강재희와 사공현을 어떻게 믿는단 말인가. 민준이 얼른 나섰다.

"시간이 많지 않아. 함께하자. 92쪽 봐. 여기 핵심어는 유기농업과 협동조합. 오케이?"

창우와 재희가 고개를 끄덕이자 민준은 다음 페이지를 짚었다.

"여기서는 이 마을이 추구하는 세 가지가 핵심이야. 서로 돕고 함께 사는 공동체 마을, 마을 사람들이 주체가 되어 스스로 다스리는 자치의 마을, 자연과 공존하면서 사는 데 필요한 것들을 스스로 생산하는 자급 마을. 음, 그다음은 여기, 풀무농업고등기술학교를 다뤄야……"

"아, 생각난다. 더불어 사는 평민, 이게 교훈이라며? 간지난……"

민준이 재희 말을 분질렀다.

"흥, 그게 말이 되냐? 아무리 공동체라도 지도자는 있어야지. 학교란 곳이……"

"됐다, 그만해. 그걸 토론할 자리는 아닌 것 같아. 풀무학교도 중요하지만 전국 최초 유기농업을 강조하자."

창우의 말에 고개를 끄덕이며 민준은 얼른 원래의 화제로 돌아왔다.

"풀무학교에서 시작해서 유기농업, 풀무신협, 풀무생협으로 넘어가면 돼. 그러면 책 내용은 거의 요약이 될 거야."

모둠을 순회하던 선생이 15분 남았다고 말했다. 아, 벌써…… 창우가 중얼거리며 교실 바닥에 전지를 펼치는 민준을 보았다.

"글씨는 재희가 낫지 않나? 내가 부르는 대로 적어봐."

민준이 말했다. 창우가 고개를 주억거리자 재희 인상이 찌푸려졌다. 창우 녀석, 반장에 모둠장이면서도 매번 민준의 눈치를 본다. 이럴 때면 둘이 초딩 때부터 친구였다는 것도 안 믿겼다.

"너는? 할 말 없어?"

재희가 난데없이 사공현에게 말했다. 그래도 사공현은 눈만 멀뚱히 뜨고 자세를 바꾸지 않았다.

"야, 됐어. 한두 번도 아니고 생각이 없겠지. 패스해. 자, 여기에 제목부터 적어봐. '자치, 생태, 협동 공동체 홍동 마을로 놀러 오세요~' 어때?"

민준의 말에 재희가 미간을 찌푸린다. 그런데 정작 당사자인 사공현은 가만히 앉아만 있다. 제 얘기인 줄 모르는지, 아예 귀에 들어오지 않는지, 정말이지 녀석의 뇌 구조가 궁금하긴 하다. 민준이 전지 위쪽을 짚으며 모둠 이름을 적으라고 하자 재희는 상체를 숙였다. 떨떠름한 표정을 풀지 않으면서도 창우가 건네는 초록색 매직을 받았다.

중간 휴식 시간을 다 쓰고서야 내용 작성을 마쳤다. 매점은커녕 화장실 갈 틈도 없었다. 다른 모둠도 매한가지였다. 그런 사정을 아는지 모르는지 선생은 칭찬을 늘어놓았다. 한 시간으로 부족할 줄 알았는데 이렇게 멋지게 해낼 줄 몰랐다, 공동체 주민들답게 협동심이 대단하다, 대회 형식을 띤 발표가 두근두근 기대된다……

그사이에 인쇄물이 돌려졌다. '대회 심사표'였다. 상단에는 '우리 모둠 자체 평가'란이 있어 '나의 역할'과 '우리 모둠 최고 활동가와 그 이유'를 적어야 했다.

민준은 거침없이 칸을 채워나갔다. 창우 종이에서 민준 자신의 이름을 봤을 때도 만족스러웠다.

"자, 이제 아래쪽 표를 봐요. 순서대로 모둠, 마을 이름, 점수, 총평을 적습니다. 점수는 내용 작성과 발표를 고루 봐야 하고요. 그런데 점수를 줄 때 지켜야 할 조건이 있어요. 3점, 2점, 1점을 각각 두 모둠에게 주는 겁니다. 자기 모둠은 매기지 않고요. 그러니까 여러분이 줄 수 있는 총점은 모두…… 그렇죠. 12점. 딱 그만큼만 줘야 해요. 그래야 정확하게 순위가 나올 수 있어요. 총평 칸이 넓지요? 자세히 적으라는 뜻이에요. 솔직하고 정확하게. 다 하고 나면 도장 한 방 줄 겁니다.

그럼 이제 발표로 들어가볼까요. 다시 한번 말하지만, 여러분이 주민입니다. 그 마을 공동체의 진정한 주인으로서 광고해줘야 해요. 진심이 가장 큰 무기라는 점을 잊지 말고요. 5반 체크 도우미는 정환이지요? 자, 종이 받아 가서 발표자는 체크 2번, 질문자는 체크 1번 올려주세요."

여러 곳에서 질문이 나왔다.

"발표는 한 명이 해요?"

"그건 모둠에서 좋을 대로."

"네 명이 발표해도 모두 체크 점수 받습니까?"

"그럼요. 전지 들어주는 건 발표가 아니니까 빼고요. 자, 이제 시작합니다. 아까 마을 이름 뽑은 종이에 번호도 있었지요? 그게 발표 순서예요. 그러니까 가만 보자, 2모둠, 홍동 마을 앞으로!"

창우가 모두 함께 나가자고 했다. 재희와 사공현이 엉거주춤 일어났고 민준은 창우를 노려보았다. 혼자 발표하는 게 점수 받기 좋을 텐데…… 창우 녀석, 가끔가다 이렇게 뒤통수를 친다.

*

잠시 숨을 고른 민준은 상담실 안으로 들어갔다. 양쪽 벽에는 똑같은 규격의 아크릴판이 죽 붙어 있었는데 성격 검사니 미래 직업군이니 하는 제목이 눈에 들어왔다. 낮은 책꽂이 위에 화분이 늘어섰고 교실 3분의 1 지점쯤에는 흰색 가림막이 놓여 있었다.

일반 교실보다 훨씬 아기자기하고 쾌적했다. 담임은 1인용 소파에 앉아 있었다. 민준은 눈인사하며 건너편 장의자 끝에 앉았다.

"어서 와. 여기 처음이야?"

"예."

"하긴, 입학한 지 몇 달 되지 않으니…… 상담 샘 퇴근하신다기에 방을 빌렸어."

민준은 건성으로 고개를 끄덕이며 테이블 위를 바라보았다. 국화차를 따르고 있는 담임의 손등에 굵은 정맥이 엇갈리게 튀어나와 있었다. 손등에 실이 없고 손톱 거스러미도 보였다. 주기적으로 관리하는 어머니의 손과 달랐다. 옷은 청바지와 카디건이었다. 그래도 담임은 수업을 재밌게 진행하고 학급을 제압하는 카리스마가 있다. 3학년 담임만 오래 한 입시통이란 소문도 있었다.

"여기까지 오라 해서 놀랐지?"

"짐작은 갑니다. 상담 용지……"

"그래, 네가 마음을 여는 것 같아 좋았지만 오해는 풀어야 할 거 같았어…… 민준아, 내가 널 미워한다고 생각해?"

국화차를 앞으로 내밀며 담임이 민준을 바라보았다. 담임이 대답을 기다리는 동안 민준의 머릿속은 분주했다. 괜히 썼다, 귀찮다 싶은 생각과 이 기회를 이용해 담임과 친해져야 한다는 생각이 싸웠다. 담임이 학교생활기록부를 쥐고 있는 한 학생은 언제나 약자, 민준은 후자를 택했다.

"아, 제가 잘못한 게 많아서……"

"그래? ……뭘 잘못했을까?"

담임이 찻잔을 빙글빙글 돌리며 민준을 빤히 들여다보았다. 색조 화장이 지워진 얼굴, 피곤한 기색이 역력한데 눈빛엔 뭔지 모를 힘이 느껴졌다. 민준은 훅 들어오는 담임의 말에 순간적으로 당황했다. 잘못한 게 뭐냐고? 뭘 말해야 하지? 민준은 담임이 싫어할 만한 일들을 떠올려보았다.

수업 시간에 엎드려 있던 거? 이미 다 아는 건데 잠을 자두는 게 낫지 않나? 자습할 시간을 확보할 수 있게. 어차피 인문 과목은 입시에 필요 없으니 더 그렇지. 청소 안 한다는 잔소리를 듣기도 했지? 그깟 계단, 사공현이 있는데 굳이 두 명이나 할 게 있나, 솔직히 밀대질을 어찌하는지도 모른다. 3월과 달리 요즘엔 모둠 활동도 열심히 한다. 강재희와 사공현이 공짜 점수를 받는 것도 괜찮다. 어차피 걔들은 적수가 아니니까 돕는다고 생각하면 그만이다. 학급 동아리도 열심히 하래서 평생 처음 텃밭에 물까지 주고 있다. 공부만 하면 될 줄 알았던 고등학교 생활이 이리 복잡할 줄은 몰랐다. 작년에 학교를 자퇴한 사촌 형 심정이 이해될 정도다. 아, 뭐지? 그래, 그거였군.

"기숙사……"

"기숙사? 그래, 그때 나도 그랬지만 담당 부서에서 황당했지. 동경하고 목표로 삼는 애들도 많은데 너는 한 달도 못 채우고, 게다가…… 아니다."

기숙사는 성적 우수자를 유인하는 진성고 대표 프로그램이다.

동문회에서 전액 지원하여 운영하는데 전교생 중 32명만 들어갈 수 있다. 담당 교사는 물론 사감까지 있어 특별 관리하고 '기숙사 동문'이란 말이 있을 정도로 선후배 사이도 남다르다 했다. 1, 2학년은 여덟 명씩, 당연히 성적순이다. 전교 1등부터 의향을 물어 정하는데 1학년은 예외 없이 8등에서 잘렸다. 입소식 때 교장은 학교를 빛내줄 얼굴들임을 강조했고, 동문회장은 좋은 대학에 진학하는 길만이 진성고와 동문회를 위한 일이라고 했다.

특혜라기에 들어갔던 민준은, 3학년 선배의 코골이 때문에 첫날부터 힘들었다. 일찍 일어나 함께 운동장을 도는 것도 괴로웠고 아침밥은 넘어가지 않았다. 학생 수가 적으니 급식의 질이 나쁠 수밖에 없었다. 민준의 말을 들은 어머니가 나섰다. 교장실로 찾아가 방을 바꿔달라고 하고, 업체를 바꾸거나 단가를 높여 제대로 된 밥을 내놓으라고 했다. 아울러 목요일 밤에는 과외수업을 받아야 하니 외출해야 한다고 했다. 그것도 민원이랍시고 교장은 말썽 없게 하라고 지시했다니 담당 부서로서는 어이없고 짜증스러웠을 거다.

열흘 이상 끌던 어머니의 기세는, 1학년이 어디서 까불고 있냐는 기숙사 2, 3학년 어머니의 말로 제압되었다. 그 어머니들 역시 애들 초등학생 때부터 학교깨나 드나들던 '형님들'이었으니 말을 듣지 않을 수 없었다. 기숙사 선배들도 민준을 곱다시 대하지 않았다. 아예 외면하거나 일부러 치면서 지나갔다. 룸메이트는 옆방에서 오래 머물고, 얼마 지나지 않아 아침 구보도 밥도 혼자였다.

어머니는 아들의 학업과 영양 관리를 직접 하겠다며 기숙사를 나가겠다고 말했다. 떠밀리듯 나가고 싶지 않다는 알량한 자존심 때문이었는데, 이번에도 교장실에서였다. 담당 부서는 앞으로 어떤 경우라도 기숙사 입소는 하지 않겠다는 각서를 받으며 황당했던 기분을 삭여야 했다. 민준에게도 좋지 않은 기억이었다.

"민준아, 날 봐."

담임의 말에 민준은 고개를 들었다.

"나는 네 담임이야. 우리 반 모두 똑같이 소중해. 특히 누굴 좋아하고 누굴 미워할 게 없다는 얘기야. 네 글을 읽으며 왜 그리 느꼈을까 생각해봤지. 게다가 모든 선생이 널 싫어한다니, 한번 짚고 넘어가야겠다 싶었어."

민준은 앉은자리가 불편해졌다. 역시 상담 희망 같은 건 적지 말았어야 했다.

"네가 특별히 더 혼났다면 억울할 수도 있겠는데, 내가 야단치는 경우는 학생의 기본을 지키지 않았을 때야. 지각 안 하고, 똑바로 수업 받고, 열심히 청소하고, 애들끼리 잘 지내고…… 그걸 가지고 너만 미워한다고 생각하면 안 돼."

담임은 잠시 숨을 돌리고 난 뒤 다시 말했다.

"음, 이런 건 있겠다…… 민준이 넌 앞으로 사회에서 앞장서는 리더가 되고 싶잖아. 네가 원하는 의사가 되어도 그래. 공공의식 없는 의사가 어떻게 환자를 돕겠어? 어려운 환자를 배려하고 공감할 수 있어야지. 그러니 앞으로도 나나 다른 선생님들이 네게

요구하는 게 더 많을 수 있어. 리더는 고독하다는 말이 왜 있겠어? 너는 진짜 잘 커야 한단 말이야."

조선희 선생이 했던 말과 똑같다. 중학교 때부터 들어 귓등으로 흘리는 말이기도 하다. 하지만 민준은 자신의 태도가 공손해 보이기를 바라며 고개를 주억거렸다.

담임은 한결 부드러워진 얼굴로 정독실 자습 분위기며 소인수 수업에 관해 물었다. 민준이 지난주 수업 때 개구리 해부를 했다고 하자 생물 실험 커리큘럼에 그런 게 있냐며 관심을 보였다. 인문학 수업과 교과융합수업에 대해서도 물어왔다. 민준은 눈을 반짝이는 담임을 실망시킬 수 없어 재미있다고, 도움이 된다고 대답했다. 좋은 게 좋은 것이다. 하지만 마지막 질문에는 조금 당황하지 않을 수 없었다.

"우리 반에 괴롭힘 당하는 애는 없니?"

"아니요…… 전 모르겠는데요. 무슨 일이라도?"

"아니야, 알겠다…… 그만 일어나자. 정독실로 갈 거지?"

*

다음 날 수요일 8교시, 민준은 특별실로 갔다. 조선희 선생의 '인문학 강좌' 다섯번째 수업을 받기 위해서다. 토요일 오전의 소인수 수업과는 또 다른 특별심화수업이다. 학년부에서 '학생부 종합전형'에 대비하여 미리부터 준비하는 프로그램인데 이 역시 성적순으로 희망을 물었다. 담임의 안내가 있었고 민준의 대입 내비게이션인 어머니가 적극적으로 밀었다. 인문학 수업을 받은 이과생 스토리가 자소서 쓰기에 좋을 거라는 논리였다. 모든 게 생기부로 통한다는 학년부장의 말과도 다르지 않았다.

여기서도 책상은 ㄷ 자 배치다. 네 명씩 4모둠, 열여섯 명만 수업을 받는다. 교과융합수업과 비슷하지만 준비나 진행이 훨씬 빡빡했다. '읽자, 쓰자, 인문학으로 성장하자!'라는 제목의 학습공책에 의하면, 10주 안에 책 세 권을 읽고 영화 두 편을 봐야 수업을 받을 수 있다. 첫 시간에 조선희 선생은 수업 준비나 과제를 해오지 않은 학생은 가차 없이 자르겠다고 했다. 공부 하나 잘한다는 이유로 받는 특혜이니 그래야 마땅하지 않겠냐는 말도 덧붙였다. 그래도 책을 읽어오지 않았다고 두 명을 자를 줄은 몰랐다. 무서운 아줌마, '무운마'라는 별명이 괜히 붙은 게 아니었다. 게다가 새로 들어온 두 명이 발표를 주도하며 초기 멤버들을 은근히 도발해 수업 분위기가 뜨거웠다.

"『밀레니얼 칠드런』, 술술 읽혔지요?"

그랬다. 성적 등급, 자살, 동성애, 학교 폭력 등의 코드가 있어서인지 민준도 단숨에 읽었다. 재미있었다. 가까운 미래를 배경으로 삼았다지만, 현재의 학교 제도를 비판하고 전복하는 내용이라 나눌 얘기도 많아 보였다. 이런 게 공부라는 건 이해하기 어려웠지만, 다채로운 생기부를 위해서라면 소홀할 수 없었다.

"지난번엔 질문 만들기를 통해 소설을 이해했어요. 이번엔 방식을 바꾸어 문학 좌담회를 하려고 합니다. 우선 네 모둠이 인물, 사건, 공간, 주제를 하나씩 택해 깊게 논의할 거예요."

가위바위보로 정해 민준 모둠은 공간을 맡기로 했다. 이 소설의 배경은 학교 안으로 한정되어 있고 식당, 옥상, 화장실 등 학교 안의 구체적인 공간들을 소제목으로 삼고 있다. 각 공간에서 일어나는 일들을 정리하다 보니 '태내'라는 소제목이 눈에 띄었다. 예외 공간인 태내를 왜 소제목으로 썼는지, 그 상징은 무엇인지 이야기를 나누고 있는데 신호 벨이 울렸다. 벌써 15분이 지나가버린 것이다.

"자, 그만. 이제 각 모둠에서 대표 한 명씩을 정해요. 그 학생은 앞에 나와 패널이 됩니다. 나머지는 청중이 되어 좌담회를 할 거예요. 사회는 내가 보고요."

선생의 지시에 따라 다시 자리 배치가 이루어졌다. 앞쪽에 다섯 개의 책상이 나란히 놓이고 나머지는 모두 청중석이 되었다.

"좋아요. 그럼 시작해볼까요? 지금부터는 어떻게 흘러갈지 나도 짐작이 안 가요. 어떤 질문이 나오고 어떤 논의가 진행될지는 오직 여러분의 몫이니까요. 적극적으로 참여해주길 바랍니다. 형식을 갖추는 의미에서 경어를 쓰고 부를 때도 ○○○ 씨라 합시다…… 자, 그럼 지금부터 『밀레니얼 칠드런』 좌담회를 시작하겠습니다. 저는 사회를 맡은 조선희입니다. 우선 가볍게 시작해볼까요? 이 소설에서 가장 인상적인 장면은 각자 뽑았겠지요. 청중석에서 누가 말씀해보시죠. 예, 저기 정영호 씨?"

"이오가 자살하는 거요."

"예, 역시 그 장면이군요. 그렇다면 이오라는 인물부터 접근해 볼까요? 인물 전문가인 김강비 씨, 이오는 도대체 어떤 인물이며 왜 죽게 됩니까?"

지목받은 강비가 자신을 가리키는 할리우드 액션을 하는 바람에 모두 잠시 웃었다. 목청을 가다듬은 강비는 이오의 성격과 상황, 자살할 수밖에 없던 이유를 조목조목 밝혔다. 선생은 다시 청중에게 질문 기회를 던졌고 이번엔 공간을 맡은 민준이 답변했다. 선생은 청중과 다른 패널에게 기회를 주어 토의와 토론이 이어지게 했으며 적절한 순간에 다음 질문으로 넘어갔다.

민준은 전 과목 빵점 사건을 덮어주겠다는 '교사'의 행동을 두고 시스템의 붕괴를 두려워해서라는 논의가 신선했다. 주인공을 위해서라고 생각했는데 발표자의 논리 전개에 고개가 끄덕여졌다. '태내'의 상징성과 소설의 결말 부분도 길게 이야기했다. 너나 없이 발언을 아끼지 않았고 흥미롭게 들었다.

마칠 시간이 되어가자 선생은 좌담회를 끝내겠다고 했다. 선생은 대만족이라며 흡족해했다. 칭찬을 들어서가 아니라 민준과 다른 애들은 쉬는 시간까지 삼삼오오 떠들었다. 아직도 할 말이 있다는 게, 소설 한 편에서 이렇게 많은 이야기가 나온다는 게, 참 신기했다.

야간자율학습 시간, 정독실 지정석에 앉은 민준은 좌담회 열기를 떠올리며 학습공책을 폈다. 내일 있을 과외 숙제가 급했지만 『밀레니얼 칠드런』 감상문부터 쓰고 싶었다. 늘 억지로 했던 글쓰기인데 오늘만큼은 자발적인 마음이 생겼다.

인간은 어떻게 지금까지 살아올 수 있었을까? 시시각각 변하는 환경 속에서 '적응'은 가장 중요한 요소였을 것이다. 적응이라는 행동 습관은 우리의 진화에 따라 점점 본능으로 깔렸고 이에 우리는 적응을 당연히 여기게 되었다. 하지만 이런 적응이 마냥 좋을까? 예를 하나만 들어보자. 독일은 제2차 세계대전 때 아우슈비츠라는 인류 최악의 수용소를 세웠다. 그런데 온갖 반인륜적인 행위가 일어난 이곳에서 일하는 사람들은 죄책감에 시달리지 않았고 모두 평범한 사람처럼 행동했다. 그 이유는 바로 '적응'했기 때문이다. 아무리 비도덕적 행위라 할지라도 점점 익숙해지는 것이다. 이것이 바로 『밀레니얼 칠드런』에 깔린 인식이다.

겨우 한 단락 썼는데도 기운이 빠졌다. 머릿속 생각이 좀처럼 글로 만들어지지 않았다. 어쨌든 키워드는 적응이다. 그래서 제목도 '적응에 대한 저항'으로 잡았다. 민준은 이오와 악어, 문도새벽을 떠올리며 어떻게 글을 풀어야 할지 고민을 거듭했다.

잠시 뒤 감상문을 적던 민준은 살갗에 돋는 소름을 느꼈다. 소설 속 인물이 아닌 자신에 관한 생각이 문득 들었기 때문이다.

문도새벽과 아이들의 저항이 멋있는 건 소설이라서 그런 거다. 현실과 소설은 다르다. 현실에서는 적응하지 못하면 패배한다. 한 번 낙오자는 회복 불능, 영원한 낙오자다…… 그러므로 나는 적응해야 한다. 소설의 주인공이 아닌, 인생의 승리자가 되어야 한다. 적응해야 한다. 멋지다느니 가치 있다느니 하는 말에 현혹되어서는 안 된다. 그런 것에 나를 걸 수 없다. 무조건 적응……

민준은 더 이상 이어 쓰지 못하고 볼펜을 놓았다. 앉아만 있는데도 좁고 험한 길을 걸은 듯 한없이 피곤해졌다.

코스프레 수업
―창우 1

"기대만큼은 아니다. 열심히 해야겠어."

교탁 앞에 선 담임이 미간을 찡그리며 말했다. 창우는 성적표를 얼른 받아 돌아섰다. 쳐다볼 마음이 생기지 않았다. 고등학교 첫 시험, OMR카드와 성적일람표를 확인하면서 이미 상처를 받을 대로 받았다.

어릴 때부터 공부 잘한다는 소리를 들어왔다. 특목고나 자사고가 아닌 일반고로 진학했으니 중학교 때보다 성적이 좋게 나올줄 알았다. 지방 일반고는 수시전형이 답이라고 하니 반장을 자원했고, 이런저런 도우미며 자율동아리 활동도 앞장섰다. 중간고사 시간표가 발표된 다음에는 독서실까지 끊었다. 학교에서는 반애들에게 수학 문제를 풀어주고 사회며 과학 힌트를 줄줄이 읊어주었다. 시험 칠 때도 막히는 부분이 거의 없었다. 그런데 정답을 받아보니 아니었다. 그제야 실수한 게 보였다. 문제를 잘못 읽은 것도 많았다.

과목별 석차를 보니 아씨 소리가 저절로 나왔다. 성적표를 받은 다른 애들도 마찬가지였는지 여기저기서 탄성이 터졌다. 창우는 정물처럼 앉아 있는 민준을 보았다. 몇 초 동안 응시했지만, 민준의 시선은 옮겨지지 않았다. 예전 같으면 텔레파시가 통했는데 오늘은 아니었다.

담임이 나가자 이내 벨이 울렸다. 1교시는 담임의 사회 시간이다.

"모둠으로 앉아."

두 모둠씩 남쪽, 정면, 북쪽을 바라보고 앉아야 하니 교탁을 기준으로 ㄷ 자로 책상을 옮겨야 했다. 창우가 거듭 말했으나 몇몇은 들은 척도 않고 밖으로 나갔다. 이러다가는 또 잔소리를 듣게 생겼다. 창우는 짜증에 받쳐 다시 고함을 질렀다. 진성고 자랑이라는 교과융합수업이란 게 막상 해보니 여러 가지로 귀찮았다. 책은 한 권인데 과목별로 다르게 접근하는 것이 신기하고 대학 입시에 유리하다니 솔깃했지만, 매시간 책상 배치를 다시 해야 할뿐더러 수업 시간마다 요구하는 게 많았다. 그냥 답을 알려주면 될 것이지 생각해라, 적으라 하니 성가시고 힘들었다. 융합수업이 이루어지는 논술, 사회, 과학, 미술 수업의 모둠 구성원이 같다는 것도 불만이었다. 네 명으로 모둠을 구성하는데 구성원에 따라 성적까지 결정될 판이라 희비가 엇갈리기 마련이었다.

'창민재현.'

1학년 3반 2모둠 이름이다. 구성원인 창우, 민준, 재희, 현의 첫 글자를 따서 만들었다. 모둠을 만들 때 창우가 모둠장을 희망했고, 순차적으로 두 명을 택하라 해서 처음에 민준을, 나중엔 재희를 데려왔다. 마지막 사공현은 본인이 자원했다. 하필이면⋯⋯ 창우는 현이 반갑지 않았으나 도리 없었다. 초등학교 때부터 여러 번 같은 반이어서 아는데, 영 빌빌한 녀석이었다. 처음엔 사공이란 별난 성 때문에 눈에 띄지만 그 순간일 뿐, 한 글자 이름처럼 존재감 또한 반쪽짜리였다.

"지난 시간까지 공동체에 대한 논의는 충분히 했다고 보고 이제 지역사회 공동체 참여 방안으로 넘어갑니다. 학습공책 66쪽 펴세요."

교탁 앞에 선 담임이 말했다. 건너편에 앉은 강비가 담임 눈을 피해 주먹 감자를 날렸다. 창우가 인상을 쓰자 사공현을 가리키며 느물거렸다. ㄷ 자 배치이니 선생은 물론 학생도 서로를 다 볼 수 있다. 참여 수업을 위해서라지만 친구들끼리 장난치기에도 좋은 구도인 것이다.

"오늘부터는 지역사회 공동체 참여 계획서를 작성할 거야. 지난 시간에 하브루타를 통해 공동체에 대한 이야기를 나누었고 각자의 생각도 적어봤으니 이제 실천 단계로 나가는 거지. 학교든, 마을이든, 지역사회 공동체 참여 방안을 생각해야 해. 구성원으로서 말이야. 어떤 분야, 어떤 방법이든 좋아. 신문이나 뉴스를 검색해 사회적 이슈를 찾아보는 것도 중요하지만 여러분이나 가족의 경험도 생각해볼 수 있겠지. 이번 시간은 주제 정하기, 2차시는 발표 내용 만들기, 3차시부터는 두 모둠씩 발표와 질의응답, 최고 모둠은 학급 대표로 교내 대회에 나간다."

내용이 달라서 그런가, 수업할 때의 담임은 다른 사람 같다. 창우는 담임의 설명을 들으며 학습공책을 본다. 세 줄, 두 칸으로 나뉜 표가 그려져 있는데 각 줄의 왼편 칸에 각각 발표 주제, 선정 이유, 준비 과정 및 참고 자료가 적혀 있고, 아래로 내려갈수록 넓어지는 오른편 칸은 비어 있었다.

어떻게 다 채울까, 보기만 해도 답답한데 담임은 거침이 없다.

"『내 이름은 공동체입니다』 책 다 읽었지? 이번 과제 수행에 참고가 많이 될 거야. 나중에 감상문 쓰기도 수행평가에 반영……"

또 저 소리, 창우의 낯이 저절로 구겨졌다. 학생들을 다루는 선생들의 무기는 평가, 또 평가다. 지필고사에 출제될 거다, 서술형 평가에 나온다, 지금 하는 게 모두 과정형 평가로 들어간다…… 매시간, 모든 선생이 똑같다. 익숙해질 법도 하련만, 들을 때마다 가슴에 묵직하게 얹히는 돌 같고 살갗을 찌르는 바늘 같다.

담임의 설명이 끝났으니 모둠별 활동, 창우가 입을 열었다.

"생각나는 대로 말해봐. 음, 학교 앞에 육교 설치, 중심도로가 좁으니 일방통행로 만들기, 등산길 입구에 가로등 설치하기……"

"야야, 안 돼. 우리가 할 수 있는 게 아니잖아."

민준이 창우의 학습공책을 두드리며 말했다. 웬일인지 표정이 진지하고 말도 부드럽다. 활동이라는 말만 들어도 싫다고, 시간

28

만 오래 걸릴 뿐 성과는 혼자 만드는 것만 못하다고, 이런 비효율적인 일을 매번 해야 하냐며 투덜거리던 민준이었다.

쳐다보는 여섯 개 눈을 의식한 듯 민준은 자신의 학습공책을 앞으로 넘겼다. 창우는 민준이 짚는 대로 '1학기 사회 수행평가 계획서'를 보았다.

"봐, 우리가 해야 할 건 지역사회 공동체 참여 계획이야. 우리가 실천할 걸 찾아야지. 네가 말하는 건 시청이나 주민센터가 해결할 일이잖아. 건의를 두고 일이라 하는 건 그렇지 않냐? 여기 있네, 평가 기준!"

"그럼, 뭘……"

"우리가 직접 해야 하고 실현 가능성이 있어야 하니 하다못해 우산 빌려주기라든지 분리수거 캠페인 같은 거라도."

"잔반 없애기, 유기견 찾아주기, 뭐 이런 거?"

"맞아."

창우는 대화에 집중하는 민준과 재희를 번갈아 보았다. 창우도 어느새 솔깃하고 진지해져 아이디어가 풍부해졌다. 선생들이 원하는 게 이런 건가 싶기도 했다. 창우는 앞에 걸린 급훈을 새삼스럽게 쳐다보았다. '아는 것은 나누자. 늦더라도 함께 가자.'

교과융합수업, 처음엔 낯설었지만 점차 적응되었다. 물론 대단히 훌륭한 모델이라는 선생들의 말엔 동의할 수 없다. 학생 처지에서는 그 역시 점수를 받기 위한 과정일 뿐이니까. 다만 수업이 따분하지 않고, 친구들과 생각을 나누는 일, 뭔가 만들어간다는 느낌은 좋았다. 첫번째 책『개 같은 날은 없다』는 소설이라 재미있었으나 두번째 책인『내 이름은 공동체입니다』는 지루하고 따분했다. 그래도 4부까지 다 읽고 감상문 쓰기를 했다. 논술 무운마 샘은 여전히 내용 정리보다는 개인 생각이 중요하며 개요 쓰기, 제목, 단락 구분 같은 형식을 지키지 않으면 감점이라고 강조했다. 과학 시간에는 학교 내 에너지 낭비 조사를 했다. 그걸 토대로 '진성고 에너지 절약 제안서'까지 만들 거라고, 각 반에서 선발된 팀을 모아 전체 대회도 연다고 했다. 미술 시간에는 꿈꾸는 마을 공동체에 꼭 있어야 하는 장소를 하나 생각한 다음, 용도를 나타내는 간판을 디자인해야 했다. 나중엔 모둠 논의를 거쳐 공동체 마을 지도를 완성하겠다고 했다.

*

4교시 마치는 종이 울리자 정태가 벌떡 일어났다.

"야, 줄넘기 연습, 알지? 늦는 새끼는 내 손에 죽는다."

우렁우렁한 목소리가 교실 밖까지 나갔다. 너, 너, 너, 짚어가며 재촉하는 기세도 대단하다. 오전 수업 내내 책상에 엎드려 있던 게 신기할 지경이다. 중간고사가 끝난 뒤부터 정태의 온 신경은 체육대회에 집중되어 있다. 아무리 체육부장이라도 과하다 싶었다. 체육대회는 무조건 우승해야 한다며 축구, 농구 선수를 선별하고 계주와 이인삼각 선수는 제출 순간까지도 명단을 바꾸었다. 체육대회의 꽃, 축구는 정태 자신이 공을 잘 차는 데다 창우도 한몫했다. 수비수로 민준이 적격이었지만 무슨 이유에선지 안 하겠다고 했다. 정태의 닦달로 틈나는 대로 발을 맞춰 축구는 이제 결선만 남겨놓고 있다. 드리블 돌파를 잘하고 슛이 정확한 재회 덕분에 농구도 여러 반을 제치는 중이다.

공부는 못해도 운동만은 핀셋 감각을 지닌 정태가 이룰 대업의 난관은 단체 줄넘기였다. 두 명이 줄 돌리고 열두 명이 한꺼번에 뛰기, 까짓 거 못 할 거 없는데 이중 출전이 안 되는 게 문제였다. 다 함께 즐기는 체육대회, 소외되는 학생이 없는 축제…… 개뿔 같은 소리지만 어쩔 수 없었다. 학급 정원이 28명이니, 창우네 반은 그야말로 한 명도 빠짐없이 축구, 농구, 줄넘기 선수가 되었다.

연습만이 살길이다! 정태의 방침에 따라 줄넘기 팀은 점심시간마다 체육관에 모여야 했다. 3학년부터 배식하니까 20분 동안 연습하고 급식실로 내려가면 된다는 것이다. 정태의 마구잡이식 강요, 울며 겨자 먹기가 따로 없었다. 민수는 하도 줄을 많이 돌려 어깨가 내려앉는다면서도 정태 말을 거스르지 않았다. 법보다 주먹! 남자고등학교 불변의 진리를 생각한다면 앞으로 사흘만 더 참는 게 현명한 길이다.

점심시간마다 체육관에서 줄넘기 연습을 하는 유일한 학급, 1학년 3반의 운동 오합지졸이 모였다. 창우도 있었다. 반장이 자릴 지켜줘야지. 위협으로 들렸지만 틀린 말은 아니었다. 창우는 정태 옆에 서서 연습을 지켜보았다. 민수와 진홍이 줄을 잡았다.

줄 옆에 늘어선 애들 틈에 민준은 보이지 않았다. 벌써 사흘째인데 정태는 그에 대해선 아무 말이 없다. 누구는 봐주고 누구는 가차 없다는 건가. 씁쓸했지만, 정태를 이길 수 없는 이상 그 역시 어쩔 수 없었다.

돌리는 줄에 정태의 고함이 돌돌 감겼다. 제자리에 서라, 누구누구 자리 바꿔라, 줄을 더 높이 올려라 하며 애들을 채근했다. 잘 나가다가 줄에 다리가 걸릴라치면 숫자를 세던 입에서 거침없이 욕이 나왔다. 사공현이 연거푸 걸렸을 때는 씨팔새끼, 그것도 못하냐면서 왼발을 날렸다. 사공현은 배를 움켜잡을 뿐 가만히 있었다. 함께 뛰던 애들도 그냥 있지 않았다. 사공현을 비아냥거리고 욕을 퍼붓는가 하면, 일부러 상체를 밀치거나 주먹 감자를 날리는 애도 있었다. 함께 발을 맞추는 처지면서도 사공현을 거칠게 대했다. 이런 일도 바람 길이 있는지, 날이 갈수록 심해졌다. '기승전사공'이라는 말이 유행어처럼 쓰였다. 어떤 상황이든 관계없이 마지막은 사공현을 욕하는 걸로 끝났다. 체육대회만 끝나면 괜찮겠지 싶으면서도 창우의 마음은 찜찜하고 불안했다.

드디어 체육대회 날이 되었다.

축구 결승전에서 7반을 꺾을 때는 모두가 좋았다. 결승 골을 넣은 정태는 그 큰 덩치로 애들을 우썩우썩 안았다. 농구가 준우승에 그쳤을 때도 괜찮았다. 그때까지도 1등으로 달리고 있었으니까.

점심 후 계주 예선전이 있었다. 1등으로 달리던 3번 주자 강비가 넘어지는 바람에 결승 진출이 좌절되었다. 담임이 반드시 끼어야 하는 이인삼각 경주도 등위에 들지 못했다.

계주와 이인삼각을 잘 뛴 7반이 바짝 따라붙은 가운데 줄넘기 단체전이 시작되었다. 모든 반이 한꺼번에 운동장 가운데로 나왔고 진행 요원인 3학년 선배가 각 반에 붙어 숫자를 셌다. 목이 잠긴 채로 정태는 줄잡이인 민수와 진홍에게 구호에 맞춰 높게 돌리라 당부하는 한편, 선수들에겐 발을 바짝 들어 올리라고 주문했다.

경기 기회는 총 두 번이었다. 첫번째는 열 개를 채우지 못하고 민준의 발이 줄에 걸렸다. 다른 경기를 뛰었던 친구들의 탄식은 마지막 기회라는 정태의 고함에 묻혔고 다시 사인을 나눈 민수와 진홍이 줄을 돌렸다. 스물, 스물하나, 스물셋, 아아악…… 끝났다. 걱정했던 대로 줄은 사공현의 발에 걸려버렸다.

그 순간 단숨에 날아든 정태의 왼발, 사공현이 운동장에 패대기쳐졌다. 일어서려는 그를 다시 넘어뜨린 건 함께 뛴 녀석들이었다. 줄을 잡았던 민수와 진홍이 사공현을 밟았고 민준이 밀어뜨렸다. 창우 옆에 서 있던 정환도 합류했다. 3학년 선배가 놀라 쳐다보자 나머지 애들이 순식간에 빙 둘러섰다.

잠시 뒤 인간 동그라미가 흩어졌다. 3학년 선배가 못 본 척 자리를 뜬 후 애들도 응원석인 벤치 쪽으로 갔다. 언제 일어났는지 사공현도 그들을 뒤따랐다.

창밖 단풍나무 잎이 가지에 달리는가 싶더니 어느새 자잘한 꽃망울이 맺혀 있다. 벌써 5월 마지막 주다. 월요일 자치활동 시간, 대개 자습으로 때우는데 오늘은 담임이 종이 뭉치를 들고 들어왔다.

"이번 시간에는 학교 폭력 설문지를 작성한다. 이런 건 예고 없는 거 알지? 자, 앉은자리에서 책상만 떼자. 늘 하는 얘기지만 아주 작은 일, 보기만 한 것이라도 적어야 해. 고자질이 아니라 정의라 생각하고 빠짐없이. 알지?"

갑자기 웬 학폭? 담임은 아침마다 창우에게 학급 일을 미리 알리는 스타일인데 이번엔 언질조차 없었다. 설마…… 창우의 새끼손가락 끝이 어금니 사이에 가 있다. 생각에 잠기거나 당황할 때 자신도 모르게 튀어나오는 습관이다.

"앞 페이지는 선택형이지만 뒤쪽은 줄글로 쓰는 거야. 쓰는 게 표시 나면 안 되니까 모두 칸을 채우도록 결정했다. 학폭이 아니라도 좋으니 건의 사항이나 하고픈 말들 적어. 도무지 없다 싶으면 내가 신호할 때까지 애국가라도 적어."

창우는 뻐근한 목을 돌리는 척하며 주위를 둘러봤다. 정태는 무심히 책상을 옆으로 밀고 있다. 긴장한 기운이 살짝 느껴지는 듯한데, 담임의 재촉에도 뭉그적뭉그적 몸이 느린 것은 평소 모습 그대로였다. 사공현도 마찬가지였다. 정신 줄을 놓았는지 어리둥절한 표정으로 책상 줄을 맞추고 있다. 창우는 새끼손가락을 씹으며 앞에서 넘어오는 설문지를 받았다.

"담임이 왜 갑자기 학폭을 적어내라 했을까?"

"뭐, 으레 하는 일 아닌가? 왜?"

"혹시…… 체육대회 때 일 때문인가 싶어서……"

"체육대회? 뭔 일 있었어?"

민준의 대답이 하도 무심해 창우는 놀랐다. 아까 얼핏 봤을 때 민준은 종이를 빡빡하게 채우지 않았던가. 그날 일이 아니라면 뭘 적었단 말인가.

"줄넘기 뛰고 난 뒤……"

"정태가 사공현 날린 거? 그거야 날마다 있는 일이잖아. 새삼 스러울 게 없어."

"그, 그렇지. 근데 무조건 채우라 하니 좀 황당하더라. 나는 진짜 애국가 썼다니까…… 너는?"

"수학 문제 풀었어. 참, 그때 나는 사공현 안 때렸다. 알지?"

묻지 않았는데도 민준이 계속 말했다.

"정태 왼발에 사공현이 나가떨어졌어. 일어서려던 사공현 옆구리를 민수와 진홍이 다시 내질렀고. 그런데 그놈이 하필이면 내 쪽으로 오더라고. 내가 피했으면 그대로 바닥에 쓰러졌을걸. 정말 엉겁결에 받게 된 거야. 결국 나자빠졌지만 나는 그놈 바로 세우려고 했어."

창우의 기억과는 달랐지만, 듣고 보니 다행이다 싶었다. 어떤 문제든 민준이 연관되는 건 좋지 않았다. 마음이 개운하지 않았으나 창우는 민준의 말을 믿었다. 친구 말이니 믿어야 했다.

"그랬구나, 내가 제대로 못 봤네…… 맞아, 그랬어."

"나까지 끌고 들어갈 기세라 환장하겠어. 알아듣게 말하긴 했지만, 앞으로 또 그러면 네가 설명 좀 잘해주라."

창우는 고개를 주억거렸다. 민준을 위해서라면 무슨 일이든 못 하랴? 민준이 한숨을 쉬었고 창우는 얼른 화제를 돌렸다.

"참, 울산 홍보 자료는 다 찾았어?"

지역사회 공동체 기여 방법 얘기였다. 창우 모둠은 "DO YOU KNOW ULSAN?"이라는 제목으로 지역사회를 홍보하기로 했다. 서울시에서 운영하는 청소년 홍보단처럼 교내 자율동아리를 만들어 블로그와 페이스북 페이지를 개설하자는 생각이다. 포스터나 홍보 영상을 제작할 수도 있는데 내용을 먼저 정해야 해서 민준이 일단 외고산 옹기마을, 태화강 십리대밭, 간절곶, 영남알프스 등의 자료를 모으기로 했다.

"다 됐어. 그런데 울산 하면 자동차, 화학단지인데 산업도시 이미지를 죽여도 되는지 고민이야."

"이쪽을 더 살리겠다는 것이니 괜찮을 거 같아. 그런데 민준아…… 하나 물어봐도 돼?"

허락받을 일은 아니었지만, 창우는 잠시 뜸을 들인 다음 말했다.

"요새 모둠 활동을 열심히 하는 이유가 뭐야? 나야 좋다만 처음엔 아니었잖아."

분리수거장 뒤편으로 고양이 한 마리가 천천히 걸어갔다. 얼마

전부터 보이는 길고양이인데 점심이나 저녁 시간에 애들이 데리고 노는 걸 봤다. 비쩍 말랐다며 사료를 가져다주는 애들도 있다 했다. 창우와 마찬가지로 고양이를 무심히 바라보던 민준이 말했다.

"그랬지. 다 아는 건데 함께 얘기해라, 답 찾으라 하니 뭐 하는 짓인가 싶더라고. 공부할 게 얼마나 많은데, 아, 솔직히 내가 자선사업가도 아니고…… 넌 아니었어?"

맺힌 게 많았는지 민준이 속사포처럼 내뱉다가 창우 눈치를 살폈다.

"어, 나야 그러려니 했지. 시키는 거니까. 그래, 맞아. 너 정도면 시간 낭비로……"

"어쩌겠어. 로마에서는 로마법을 따라야지. 선생이 평가권을 쥐고 있는 한 학생은 언제나 약자야. 좋은 점수 받으려면 시키는 대로 하는 수밖에. 생기부에 나쁘게 적히면 원하는 대학도 끝이잖아. 나중에 추천서도 받아야 하는데."

"그렇게까지……"

"상황이 그렇잖아. 암튼 넌 참 순진하다니까…… 어쨌든 이창우, 우리 모둠은 잘될 거야. 논술 시간에도 도장 세 개 받았잖아."

담임이 다다닥 교탁을 쳤다. 엎드린 녀석들 다 깨우라는 말도 했다. 쫙 깔린 목소리가 심상찮았다.

"볼펜 하나만 남기고, 책상 위에 있는 거 서랍 속에 다 넣어. 얼른."

재희가 눈짓으로 무슨 일이냐고 물었지만, 창우는 눈만 크게 떴다. 여기저기서 웅성거리는 소리가 들렸다. 담임이 다시 말했다.

"조용히 해…… 지금부터 내 말 잘 들어. 조금이라도 속이는 일 있으면 정말 그냥 있지 않을 거야."

소리 없는 신호를 나누는 애들 얼굴에 궁금함과 긴장감이 감돌았다. 창우도 예감이 좋지 않았다.

"며칠 전 학폭 조사 기억나지? 부끄럽게도, 그동안 우리 반에서 불미스러운 일이 있었다……"

역시 그것이었다. 창우는 목을 돌리는 척하며 주위를 돌아보았다. 재희와 강비, 민준과 사공현 모두 무심한 얼굴로 앞을 바라보고 있었다. 누가 썼을까? 쟤? 쟤? 창우는 분주히 머리를 굴려보았지만 잡히는 인물은 없었다.

"3월부터 지금까지, 우리 반에서 일어난 언어폭력이든 신체폭력이든, 아주 작은 것까지 다 이 종이에 적어. 자신이 당한 것은 물론이거니와 고의건 실수건 괴롭혔던 일도 당연히. 본 것, 들은 것도 다 적는다. 맞춰보면 다 밝혀지게 되어 있으니 이미 썼던 것도 다시 쓰고, 쓸 게 없으면 영어 단어든 가요든 아무거나 적어."

비슷한 얘기를 반복하는 걸 보니 어지간히 화가 난 모양이었다. 창우는 그동안 몇 번이고 망설였던 순간들을 떠올렸다. 줄넘기 연습하던 날, 체육대회 날, 과학 과제 한 날, 학폭 설문한 날…… 창우는 담임에게 사공현이 맞았다고 말하고 싶었다. 반장의 의무라고도 생각했다. 처음엔 민준에 대한 의혹 때문에 참으려고 했다. 반 애들의 비난이 두려웠고 사공현이 멀쩡히 잘 지내고 있으니 별일 아닌 것 같기도 했다. 애들끼리의 장난이라고, 고자질은 나쁘다고 계속 자신을 세뇌해왔다. 그런데 이제 누군가 터뜨렸고 더는 피할 수 없게 되었다.

*

'지역사회 공동체 참여 방안' 발표가 시작되었다. 첫 주자인 '낭기열라' 모둠은 '할펜'으로 말문을 열었다.

"무슨 말이냐고요? 할머니, 할아버지 펜팔의 준말입니다. 현재 노인 문제는 몹시 심각합니다. 경제적인 어려움도 문제지만 자식과 사회의 소외로 힘들어하고 있습니다. 자료 조사 결과 우리나라 노인 열 명당 여덟 명이 우울증을 앓고 있으며, 이는 치매로 전환되기 쉽다고 합니다. 노인 자살률 또한 최근 5년 사이 37퍼센트나 증가했는데 외로움이 그 원인입니다. 2018년 노인 고독사가 1,290건입니다. 또한 우리나라의 노인 문맹률은 낮지만 실질 문맹률은 매우 높아 OECD 국가 중 세번째라 합니다. 실태 발표는 이렇게 마치고 실천 방안에 대해서는 민수와 진홍이 발표하겠습니다."

전지 오른편을 짚어가며 또박또박 설명하던 강비가 말을 마쳤다. 칠판에 붙인 전지에는 노인들 사진과 함께 동기, 실태, 실천 방안, 기대 효과, 느낀 점이 일목요연하게 정리되어 있었다. 글씨가 반듯한 데다가 색깔과 모양도 적당했다. 낭기열라 모둠의 발표는 계속되었다. 우선 학교 내 펜팔단 동아리를 만들고 각 주민센터의 도움을 받아 독거노인과 노인 복지시설을 파악할 거라고 했다. 그분들과 친해지는 시간을 가진 다음, 주 1회 한 번 할펜을 권장하겠으며 연말에는 활동 내용을 모아 책자로도 제작하겠다고 했다. 기대 효과로는 노인들의 우울증과 치매 예방, 언어능력 향상과 노인에 대한 학생들의 가치관 개선을 뽑았다.

박수 소리가 컸다. 노인 문제에 대한 특별한 경험이 있느냐, 자료 조사한 게 맞는지 출처를 밝혀달라, 실질 문맹률이 뭐냐 등의 질문이 나왔고 그분들이 답장하지 않으면 어떻게 하냐는 걱정까지 보태졌다. 선생은 모둠 구성원들의 협력이 돋보였으며 구체적인 실천 방안에 더해 이후의 효과까지 고려한 발표가 좋았다며 칭찬했다. 점수표를 작성하던 창우는 고민하다가 기대 효과만 1점을 까고 나머진 만점을 주었다. 민준은 역시 강비 모둠이라며 고개를 절레절레 흔들고 있었다.

두번째로 '3조만세' 모둠이 앞으로 나갔다. 전지가 칠판에 붙여지자 여기저기서 웃음이 터졌다. 붉고 큰 '패드립'이란 글자가 중앙을 차지하고 있었기 때문이다.

"아아, 조용히 하십시오. 우리 3조만세의 발표, '바람직한 언어생활을 위한 노력'을 지금부터 시작하겠습니다. 우선 이 주제를 선정한 계기, 학교에서 발생하는 폭력의 유형, 일상생활 속 언어폭력 행위, 신고가 잘되지 않는 이유와 해결 방안을 살펴보겠습니다. 최정환 학생부터 시작하겠습니다."

"예. 저는 주제 선정 계기를 말하겠습니다. 우리는 초등학교 때부터 별생각 없이 욕설을 해왔습니다. 중학생이 된 후로 성적인 언어 사용으로 남에게 수치심을 주고, 게임 내에서 상대방의 실수를 비꼬며 비하하고, 특정 대화에서 욕을 정당화하여 욕 배틀도 합니다. 게다가 갈수록 서로의 가족을 욕설의 대상으로 삼는 '패드립'이 많아지고 있습니다. 심지어는 엄마 이름으로 친구를 부르고 상대가 화를 내면 사소한 장난이었다고 합니다. 이렇게 욕설과 패드립은 사회·윤리적으로 크게 문제가 됩니다. 그래서 우리는 이 주제를 선택했습니다."

"저는 패드립의 정의와 예시를 알아보겠습니다. 패드립이란 패륜적 드립의 줄임말로……"

사방에서 다시 웃음이 터졌고 왁자지껄 한마디씩 보탰다. 그거 모르는 새끼도 있냐, 너 엄마 없지…… 선생이 나서서야 겨우 진정되었다. 그러자 발표자가 정색하고 말을 이었다.

"지금 우리는 수업 중입니다. 그 점을 명심해주십시오. 패드립은 부모님이나 조상과 같은 윗사람을 욕하거나 개그 소재로 삼아 놀릴 때 쓰는 말인데, 일반적인 욕설보다 더 자극적으로 들려 결국 싸움까지 일으킵니다. 여기 이 표, '우리 엄마 안부를 묻는 사람'을 보십시오. 우리 아빠가 1퍼센트, 온라인 게이머가 99퍼센트입니다. 뭘 의미하는지 알겠지요? 여러분도 경험해봤을 겁니다. 이렇게 우리의 언어생활은 문제가 있고 고쳐야 합니다. 문제는 패드립 당했을 때 기분이 나쁜데도 학폭 신고를 하지 않는다는 점입니다. 그 이유를 살펴봤더니 여기 보는 바처럼, 혹시나 있을 보복이 무서워서, 그 친구와의 관계가 멀어지고 다른 친구들이 자신을 멀리할까 봐로 나왔습니다. 마지막 해결 방안은 정태가 발표하겠습니다."

"예. 해결 방안으로 우리는 자신의 의사 표현을 정확히 하자고 잡았습니다. 친구야, 내가 아주 기분이 나빠!라고 분명히 말해야 합니다. 다음으로 주변에서 욕설이나 패드립을 지적해주어야 합니다. 친구야, 그러면 안 돼!라고 하는 거죠. 마지막 방안으로는 학급에서 패드립폴리스를 뽑는 겁니다. 패드립폴리스는 누가 몇 번 패드립을 했는지 체크하고 담임선생님께 전달합니다. 다른 친구들은 계속 제보해야 하고요. 이상 3조만세 발표를 마치겠습니다."

창우도 처음엔 웃었다. 하지만 시간이 흐를수록 마음이 불편했다. 욕과 패드립에서 자유로울 수 없었기 때문이다. 애들과 어울리기 위해 한두 마디씩 섞던 욕이 어느새 일상이 되어 이제는 완전히 입에 붙어버린 느낌이다. 창우는 민수와 진홍을 보았다. 자기와 아무 상관 없다는 듯 낄낄거리고 있었다. 낯설었다. 걸핏하면 패드립 치는 정환과 정태가 패드립폴리스 운운하며 바람직한 언어생활을 주장하는 것도 우습기 짝이 없다. 제일 납득하기 어려운 건 사공현조차 웃고 있다는 것이다.

학년 교무실을 다녀온 창우가 교탁을 여러 번 친 다음 종이를 들어 보였다.

"전달 사항, 오늘부터 영어도 수준별이래. 앞 게시판에 붙여놓을 테니 확인해."

창우는 다행히 A반이었다. 어제 수학 시간이 떠올랐다. 세 개 반을 묶어 성적순으로 공부하는, 소위 수준별 수업이었다. 창우는 B반이라 옆 교실로 가야 했다. 남의 반인 게 싫고 남의 자리에 앉는 것도 영 쭈뼛거려졌다. 모인 애들도 하나같이 이상해 보였다. 함께 넘어간 정환은 너도 B반이냐며 놀란 표정을 지었다. 1점 차이로 미끄러졌다고 광고할 수 없는 노릇, 창우는 어깨만 으쓱하고 말았다. 또라이로 소문난 선생이 들어온 것도 싫었다. 실력파 선생은 A반으로 갔나 보다. 선생이 나른한 목소리로 별도의 출석부를 꺼내 이름을 부르는데 다들 대답이 시원찮다. 창우도 마찬가지였다. 패잔병이 된 듯 부끄럽기만 했다.

이어지는 수업은 한마디로 엉망이었다. 책이 없어서, 말대꾸해서, 엎어져 자고 있어서…… 선생의 잔소리가 이어졌다. 창우는 선생이 시키는 대로 교과서 문제를 풀어보려고 했지만 두 줄도 못 나가서 막혀버렸다. 지난 시간 같으면 민준이나 강비에게 물어봤을 테지만 그럴 수도 없었다. 옆에 앉은 정환은 문제 풀이 대신 만화를 그리고 있었다. 선생도 지치는지 얼마 뒤에 오늘은 그만하자면서 분필을 놓아버렸다.

"야, 저렇게 붙여도 되나? 남들도 다 보잖아."

자리에 앉는 창우에게 재희가 말했다.

"아, 네 것도 오면서 봤어. B반이더라. 수업은 옆반에서……"

재희가 격앙된 목소리로 말을 잘랐다.

"아니, 내 말은 성적을 저렇게 까발리는 게 문제 아니냐는 거야."

"학년부장이 시켜서…… 잘못한 건가?"

"창우 너를 욕하자는 게 아니라 우리도 인격이 있고 기분이라는 게 있는데 공개적으로 점수 까면서 너는 여기 가라, 너는 저기가라 하는 게 너무하다고."

"수준별 수업을 안 하면 모를까, 반 이동하면 어차피 다 알게될 건데 뭐. 나도 수학은 B반이야. 기분 더럽긴 하지만 어쩌겠어."

"그러니까 그걸 왜 하냐고. 어제 너도 기분 나빴다며. 이건 순전히 잘하는 놈들만 쏙쏙 뽑아 효과 올리겠다는 거잖아. 기숙사와 정독실 특혜에 이젠 수업까지, 아니야?"

그때 건너편에 앉아 있던 강비가 말했다.

"야이 새끼, 말 많네. 너도 열심히 해서 A반 가면 되잖아. 자습시간에 떠들지 말고 단어 하나라도 더 외우란 말이야."

"뭐라고? 야!"

재희는 물론 창우까지 자리에서 일어났다. 게시판을 확인하고 돌아서던 애들을 비롯해 반 전체의 시선이 모였다. 재희와 강비

사이에 형성된 전선이 흥미로운 것이다. 안 그래도 갑갑하고 지루한 시간, 녀석들은 누구 하나가 흥분하기를, 꼭지가 돌기를 바라고 있다.

재희의 주먹이 강비에게 날아가려는 찰나, 담임이 문을 열었다. 창우는 재희를 급히 주저앉혔다. 에이, 뭐야. 두런거리는 소리가 들렸다. 모처럼의 구경거리가 싱겁게 끝나버려 아쉬운 것이다.

그 순간 땅, 창우의 머릿속을 울리는 게 있었다. 공동체 의식 기르기? 개나 줘라 싶었다. 패드립 발표를 하던 녀석들, 잘했다고 생각했는데 그게 아니었다. 구체적인 방안까지 제법이다 싶었지만 수업은 수업일 뿐이다. 민수나 강비가 독거노인과 편지를 나눌 리도 없다. 발표는 발표일 뿐이다.

환호하던 담임의 표정이 떠올랐다. 사공현보다 더 순진한 건가. 창우는 자기도 모르게 피식 웃고 말았다.

*

담임이 순진하다는 생각은 창우의 잘못된 판단이었을까? 설마 했는데, 담임은 사공현 사건을 학폭위원회에 올렸다. 정태, 정환, 민수, 진홍과 함께 민준도 끼어 있었으나 학생부 조사 중에 빠졌다. 정태는 얌체 새끼라며 대놓고 떠들었지만 창우는 자신의 진술이 받아들여진 것 같아 나름 뿌듯했다.

모래에 묻히는 개
—민준 2

민준이 교복 윗옷을 걸치는데 휴대전화가 울렸다. 할아버지였다.

"투표는 오후에 한다고 했나?"

현관 벽에 걸린 그림을 무심히 바라보며 민준은 그렇다고 했다.

"좋은 소식 기다리마."

화폭의 5분의 4쯤이 모두 황금색으로 덮여 있는데 오른쪽보다 왼쪽이 밝다. 군데군데 흰색이 드러나 있기도 하다. 눈길을 아래로 잡아채는 선이 화폭 아래에 둥글게 쳐져 있다. 오른쪽으로 갈수록 올라가는 선 아래쪽은 짙은 갈색이다. 그리고 황금색과 갈색의 선 사이에 개 한 마리가 끼어 있다. 개는 간신히 목이 걸쳐진 채 앞을 바라보고 있다. 민준은 뭔가를 말하는 듯한 개의 눈빛과 마주쳤다. 이상한 느낌에 목 아래위를 쓱쓱 긁었다.

"왜 대답이 없어?"

할아버지가 성마르게 재촉했다. 민준은 그림에서 시선을 떼지 않은 채 예,라고 말했다. 사내자식이 기백이 없다고 할 줄 알았는데, 오늘은 그쯤에서 그쳤다. 민준은 휴대전화를 집어넣고 교복 단추를 마저 채웠다.

어머니의 표정이 어두웠다. 전화선을 타고 오는 할아버지의 기운만으로도 어머니는 숨통이 죄일 것이다. 민준은 신발을 신다 말고 그림 제목이 뭐냐고 물었다. 늘 그 자리에 있던 그림이 왜 갑자기 눈에 들어왔는지 모르겠지만 무슨 말이든 하고 싶었다.

"저거? 음…… 그게…… '물살을 거스르는 개'야."

"엄마가 그린 거예요?"

어머니가 민준을 보며 웃었다.

"에고, 나 생각해주는 사람은 우리 아들밖에 없네. 불후의 명작에 나까짓 것을 끌어 붙여주다니, 고맙긴 하다만 어림 반 푼어치도 없지."

기분 풀어주자고 한 얘기였지만, 명작이라니 한 번 더 쳐다보게 되었다. 민준은 목을 만지며 그림 속 개를 다시 바라보았다. 어쩐지 힘들고 슬퍼 보였다.

경비 아저씨가 고개를 숙였다. 앞차를 대할 때보다 훨씬 공손했다. 어머니는 운전대를 잡은 채로 가볍게 답례했다. 남을 대할 때 어머니는 두두하면서도 정감을 잃지 않았다. 그 균형 잡기 또한 어머니의 능력 중 하나일 것이다.

신호에 걸려 차가 멈추었다. 똑같은 조끼를 입은 구부정한 노인들이 은행잎을 쓸어 담고 있었다. 창밖 노인들은 재밌는 일이라도 있는지 웃음소리가 컸다. 할아버지는 어떻게 웃었는지 기억나지 않았다. 하긴 할아버지는 스스로 노인이라 생각하지도 않을거다. 2학기 기말고사를 마친 민준은 1년이 훌쩍, 벌써 입시 준비의 5분의 2가 지나갔다고 생각하는데 할아버지의 시간은 어디쯤에서 멈춘 것 같았다.

어머니가 홍삼 팩 가장자리를 가위로 잘라 건넸다. 하루도 거르는 법이 없다.

"가방 앞주머니에 청심환 넣어뒀어. 연설하기 전에 먹어. 참, 아침에 돌릴 명함은 충분하고?"

"거의 못 썼어요……"

"아니, 왜?"

갑자기 어머니의 언성이 높아졌다. 괜히 말했다 싶다. 선거운동이 시작될 때 어머니가 포스터와 전단을 만들어주었다. 그런데 인쇄소에서 깔끔하게 빠져나온 그것들을 두고 비꼬는 애들이 많았다. 할 수 없이 명함은 창우가 만든 것을 돌리기로 했다. 조잡해 보였지만 어쩔 수 없었다. 현수막도 하루 만에 내려야 했다. 창우마저도 마뜩잖아 한 데다가 국회의원 선거라도 되느냐고 비아냥거린 선생이 있어서였다. 담임 눈치도 보였다. 사공현 사건 이후로 민준은 눈 밖에 나지 않도록 애썼다. 어머니의 당부가 아니더라도 담임의 손끝에서 생기부 내용이 나오는 것쯤은 민준도 잘 알고 있었다. 다행히 담임은 다른 애들과 똑같이 민준을 대해

주었고 부회장 출마 추천서도 써주었다. 민준은 그런 정황 모두를 어머니에게 말하지 않았다.

"걱정하지 마세요. 엄마가 혼나는 걸 내가 어떻게 봐요."

"혼은 무슨? 모두 너 잘되라는 말씀이지."

작년에 민준이 과학고를 떨어졌을 때 할아버지 역정이 대단했다. 학원과 과외 선생을 제대로 고르지 못한 어머니의 안목을 비난하면서 자수성가니 관직이니 하는 고정 레퍼토리도 읊어댔는데, 이런저런 실패만 거듭하는 아버지의 전철을 밟지나 않을까 걱정하는 할아버지의 속내가 보였다.

오늘은 학생회 선거일이고 민준은 부회장 후보다. 전교 회장은 현재 2학년에서 나오니, 당선되면 내년에 2학년 대표가 된다. 민준이 처음부터 선거에 관심이 있었던 것은 아니다. 어머니가 수시 종합전형을 초들어 권유하고 민준 역시 목표하는 대학이 있기에 출마하게 되었다. 그리고 지금은 당선을 간절히 원한다. 실패 자체에 대한 두려움은 있지만, 할아버지나 어머니의 요구가 결국 자신을 위하는 일임을 알기 때문이다.

투표하는 날에 나쁜 기억을 떠올린다는 게 꺼림칙했다. 민준은 의식적으로라도 기분을 바꾸고 싶었다.

"영주 이모 결혼하는 집안이 그렇게 부자예요? 할아버지보다?"

"비할 바가 아니지. 동네 슈퍼와 백화점 차이쯤 되려나. 할아버지는 당신이 대단한 재산가라고 생각하실지 모르지만, 지방 도시

건물 몇 채로 서울 부자에게는 명함도 못 내밀어."

"결혼하면 일도 그만둔다면서요. 공부한 게 아깝지 않나? 아무나 검사 되는 게 아니잖아요."

"돈 많은 집은 명예나 권력 치장을 원하거든. 그리고 돈 있는데 일을 왜 하겠니? 이모 봐라. 좋은 대학 나오고 사시 합격하니 팔자가 쫙 폈잖아."

깔축없이 할아버지의 말이었다. 그렇게 당하고도 할아버지를 닮아간다는 건 아이러니한 일이다. 아무리 어머니라도 이기죽거리지 않을 수 없었다.

"꼭 할아버지같이 말씀하시네."

"현실이 그렇잖아. 아드님도 정신 바짝 차리세요. 할아버지 기대에 부응하지 못하면 아드님이나 나나 끝입니다요."

듣기에 가장 거북한 말투로 어머니가 말했다. 민준의 미간이 저절로 찌푸려졌다.

학교 앞에 닿자 차창 밖으로 피켓을 챙기는 창우 얼굴이 보였다. 창우는 처음부터 몸을 아끼지 않고 민준을 돕고 있다. 겉멋이 들었거나 간식 때문에 뛰는 애들과는 차원이 달랐다. 반장을 여러 번 해서 그런지 같은 학교 출신이라든가 공부는 그럭저럭하더라도 인간성 좋은 애들이 많이 따랐다.

교문 오른편도 부산했다. 손세혁과 나란히 선 애들이 피켓을 흔들며 소리 지르고 있다. 두 명 입후보한 2학년은 회장, 부회장을 나누어 가지면 되니까 이번 선거의 핵심은 1학년인 민준과 세혁의 대결이었다.

어머니가 교문을 벗어난 도로 모퉁이에 차를 세웠다. 민준은 뒷좌석에 던져두었던 가방을 집어 들었다.

*

점심시간이다. 연설을 준비하러 온 과학실이 휑뎅그렁하다. 손세혁은 담임의 배려로 1교시부터 연습하고 있다는데 민준의 담임은 허락하지 않았다.

민준은 천천히 걸어 교탁 앞에 섰다. 체육관 단상을 상상해서 그런지 가슴이 벌렁거렸다. 머릿속이 하얗게 비고 한숨이 흘렀다. 첫 문장부터 떠오르지 않았다. 대신 정신없이 흘러온 지난 일주일이 스쳐 갔다. 어머니와 학년부장의 권유를 받아들였을 뿐 민준은 자신에게 리더십이 있는지, 학교를 위해 어떤 역할을 할 것인지 하는 자문은 처음부터 하지 않았다. 나를 버리고 여러분께 헌신하겠다는 말을 할 때면 누가 속을 들여다보는 것 같아 부끄럽기도 했다. 하지만 하루 이틀 지나다 보니 저절로 말이 흘렀다. 공약을 만들고 전략을 짜는 일, 교실마다 다니며 고개를 숙이는 일들이 오로지 표로만 연결되었다. 이제 말의 진실 따위는 문제되지 않았다.

민준은 창가에 서서 한참 동안 밖을 쳐다보았다. 운동장으로 통하는 길목에 나무와 꽃이 줄지어 있었다. 애기동백이 피기 시작했고 벚나무는 거의 옷을 벗었다. 울퉁불퉁한 벚나무 수피를 보고 있으니 아침에 보았던 그림이 떠올랐다. 아닌 게 아니라 늘어선 벚나무 사이에서 개 한 마리가 걸어 나와 주위를 어슬렁거렸다. 그동안 얼마나 헤매고 다녔는지 힘이 없고 아파 보였다. 잠시 뒤 운동장 쪽에서 모래바람이 회오리쳤다. 휘청, 쏠리는 몸을 바로 세우며 개가 민준 쪽으로 머리를 들었다. 민준은 뭔가 말하는 듯한 개의 눈을 오래도록 바라보았다. 옆구리와 가슴 언저리가 뭉근하게 저려왔다. 이윽고 개가 거무칙칙한 몸을 돌려 벚나무 뒤로 사라졌다. 민준은 어쩐지 슬퍼졌다.

"……물론 부자라서 안 된다는 건 아닙니다. 하지만 고급 차로 등하교하고 자기 공부만 하는 후보가 평범한 우리의 정서를 대변해줄 수 있겠느냐는 겁니다. 최민준 후보는 입학하자마자 학급에 유명 상표 피자를 돌렸다고 합니다. 이번에 전교 부회장이 되면 또 피자를 돌릴지도 모르지요. 하지만 우리에게 필요한 것은 피자가 아니라 우리를 대표해 야간자습 자율화를 이루고 급식 질을 높일 수 있도록 학교와 싸워줄 사람입니다."

민준의 학급 쪽에서 야유 소리가 들렸지만, 이내 박수 소리에 묻혔다. 인신공격으로 나오다니 치사하고 비열했다. 당장 멱살을 잡아 메다꽂고 싶었다. 하지만 체육관 바닥에 앉은 전교생의 눈이 주시하고 있었다. 민준은 교문과 교실에서 머리를 조아렸던 심정으로 자신을 다독였다.

'오늘까지는 억지로라도 미소를 지어야 한다. 그래야 내일부터 내가 중심이 된다.'

민준의 찬조 연설자는 2학년 형이었다. 2학년은 손세혁 지지표가 많을 거라는 분석 때문에 나온 전략이었다. 정수 형도 열 받았는지 처음부터 목소리가 격앙되었다.

"저는 준비해온 원고를 읽지 않겠습니다."

정수 형은 원고를 들어 보이더니 그 자리에서 찢었다. 낮은 탄성과 함께 박수 소리가 터졌다. 휘이익 휘이익, 여기저기에서 휘파람 소리도 뒤따랐다. 그 바람에 진행자는 조용히 하라는 말을 몇 번이나 해야 했다.

"……선도부장인 제가 여기에 서려고 마음먹은 이유는 우연히 목격한 최민준 후보의 선행 때문이었습니다. 그는 입학한 후로 지금까지 매일 학교 안 쓰레기 분리수거를 책임지고 주말마다 장애인 시설에서 봉사 활동을 하고 있습니다. 온갖 장애가 있는 그곳의 아이들과 놀고 목욕까지 같이합니다…… 저는 최민준 후보가 공부를 잘하는지 몰랐고, 부자인지도 몰랐습니다. 그리고 지금, 그런 사실이 후보 자격에 마이너스가 되는지는 더더욱 모르겠습니다…… 찬조금으로 학교에 나무를 심는다거나 어려운 친구에게 장학금을 준다면 결국 우리 모두에게 좋은 일 아니겠습니까……"

즉석연설인데도 군더더기 하나 없었다. 성량이 풍부하고 대중을 끌어당기는 힘도 있었다. 저런 사람이 왜 학생회장 후보에 출마하지 않았는지 이상할 정도였다. 멋진 반격을 날린 그가 마무리 인사를 하자 박수 소리가 체육관을 메웠다.

다음은 민준 차례였다. 들어가던 정수 형이 걸음을 멈추고 민준을 껴안았다. 엉겁결이었으나 가슴이 벅찼다. 콧등이 시큰하기도 했다.

민준은 바닥에 앉은 유권자를 향해 고개를 깊숙이 숙였다. 눈이 마주친 창우와 운동원들이 손을 흔들었다. 뒤편에 선 담임 역시 고개를 끄덕였다. 선거란 뜻을 같이하는 여러 사람의 협력 작품이란 게 실감 났다.

민준은 바싹 마른 입술을 한번 축이며 원고를 눈으로 훑었다. 하지만 민준이 하려는 말은 선거 벽보에 올리지 않았을 뿐 아니라 교실 유세에서도 꺼내지 않은 내용이었다.

"매점 확장, 벌점제 폐지…… 예, 다 좋습니다. 여러분의 간절한 소망처럼 저 역시 그 모든 게 이루어지길 바랍니다. 하지만 부회장 후보에 불과한 저는, 솔직히 말씀드려 그런 일을 할 자신이 없습니다. 대신 저는 딱 한 가지만 약속할까 합니다. 제가 조사한 바에 의하면 시내 남학교 중에서 앞이 막힌 실내화를 신는 곳은 우리 학교뿐입니다…… 저를 뽑아주십시오. 회장 형과 잘 의논하여 더럽고 땀내 나는 지금의 실내화를 세 줄 슬리퍼, 일명 쓰리다스로 꼭 바꾸겠습니다."

학생들이 손뼉을 쳤다. 민준은 떨지 않았고 반응도 좋았다. 학교가 들어주지 않는다면 전교생 수만큼 실내화를 협찬받겠다고 말하려다가 그쯤에서 연설을 마무리 지었다. 피자 건에 예민해져 있는 상대편을 긁고 싶지 않았다.

투표는 시간 절약을 위해 각 교실에서 이루어졌다. 투표함을 수거한 선거 관리위원들이 체육관으로 속속 모여들었고 이어서 개표를 시작했다. 선생과 양측 참관인들은 행여나 있을 부정이나 실수를 감시했다.

처음에는 민준이 유리한 듯싶었으나 2학년 투표함을 열면서 변화가 일었다. 표가 엎치락덮치락 하는 바람에 체육관 안은 긴장 감이 더해졌다. 민준은 입이 바짝바짝 타고 가슴이 오그라들었다. 어른들은 이럴 때 담배를 피우는가 싶었고, 운동 끝에 달게 마시곤 하던 맥주 한 모금이 생각나기도 했다.

결과는 민준의 승리였다. 여덟 표 차이였다. 민준은 담임과 창우의 축하를 뒤로하고 구석으로 뛰어가 휴대전화부터 꺼냈다. 흥분한 목소리로 어서 할아버지에게 연락하라는 어머니에게 민준은 기꺼이 그 기회를 양보했고, 어머니는 때마침 일찍 마치는 날이니 반 애들을 모두 음식점으로 부르라고 했다. 한 달에 한 번 있는 문화의 날, 어머니는 정말 모르는 게 없다.

휴대전화를 넣는데 느낌이 이상했다. 민준은 고개를 돌렸다. 단상 위에서 창우가 손을 흔들고 있었다. 다급해 보이는 몸짓, 민준은 빛의 속도로 달려갔다.

선거 관리위원들과 선생들 사이가 어수선했다. 손세혁 편에서 재검표를 요구했다고 했다. 처음 판세를 보고 포기하는 마음으로 눈여겨보지 않았지만 무효표 처리에 문제가 있다고 했다. 정수 형이 끝난 일을 두고 왜 그러냐고 나섰고 창우 얼굴도 벌게져 있었다. 민준과 손세혁의 눈길이 허공에서 날카롭게 부딪쳤다.

학생부 선생과 선거 관리위원들이 한곳으로 급히 모였다. 무슨 말이 한참 오가더니 관리위원장인 2학년 형이 재검표를 선언했다.

*

음식은 이미 차려져 있었다. 종업원은 민준 일행이 들어서자마자 미리 달구어둔 불판에 갈빗살을 올렸다. 집으로 간 애들이 여럿 있어서인지 분위기가 다소 썰렁했다.

재검표는 양측의 팽팽한 긴장 속에서 한 시간에 걸쳐 진행되었다. 그 과정에서 지정된 볼펜 뚜껑이 아닌 것, 칸 밖에 찍은 것, 후보자의 이름이나 기호를 적은 것 등이 무효 처리되었다. 민준 쪽인 창우와 강비도 그냥 있지 않았다. 관리위원이 못 보고 지나치는 잘못을 제대로 잡아내었다. 그러고도 표는 학생부 선생들의 확인 눈도장을 받고서야 넘겨졌다.

"야, 무슨 이런 일이 있냐? 이제 어떻게 되는 거지?"

고기를 씹으면서 정환이 입을 열었다. 그러자 여기저기서 비슷한 걱정들이 오갔다.

"우리 학교 학생회 선거 규약에 없고 사례조차 없는 일이란다.

다음 주에 교직원 임시회의를 열겠대."

학생부장의 말을 강비가 요약해주었다.

"우리가 너무 일찍 샴페인을 터뜨리는 거 아니야? 민준아, 이거 원, 고기 먹기 좀 그렇다."

마지막 표가 펼쳐지자 일시에 탄성이 터졌다. 맥이 풀려 말은 나오지도 않았다. 손세혁과 동점이 된 것이다. 양쪽 모두 제정신으로 돌아오기까지 한참이 걸렸다. 민준은 다시 검표를 요구하려고 했다. 손에 들어온 고기를 놓친 것처럼 분한 마음이 들었다. 뭔가 조작이 있는 것만 같았다. 하지만 창우와 강비, 담임의 생각은 달랐다. 지켜본 눈이 그렇게 많았는데 틀릴 리가 없다는 것이다. 행여 저쪽 표가 많으면 어쩔 거냐는 말도 했다.

"분위기가 왜 이래? 오늘 잘했어. 재투표 한다 해도 우리가 이길 거야. 쓰리다스도 좋았지만 정수 형 카리스마 봤지?"

강비의 말에 여기저기서 정수 형 얘기가 나왔다. 민준은 그 틈을 타 창우에게 느티나무에서 따로 만날까 슬쩍 물었다. 느티나무란 둘만의 암호였다. 하지만 창우는 민준의 말을 귓등으로 넘기는 것 같았다. 민준의 말이면 무조건 믿고 따라주던 예전의 창우가 아니었다. 눈치를 보니 식당에도 강비가 끌고 온 듯했다. 큰일을 끝낸 허탈과 피곤이라면 좋으련만 그런 것 같지는 않았다. 민준은 창우의 표정을 살피는 자신의 짓거리가 짜증스러웠다. 내가 왜 이렇게 되었나, 민준은 속엣말을 뱉어내듯 한숨을 쉬었다.

"근데, 정수 형이 그렇게 한 게 미리 각본에 있었다며? 민준아,

정말이야?"

어떤 말이 오가던 중이었는지 진홍이 큰 소리로 물어왔다.

"아니."

민준은 마른침을 삼키고 짧게 말했다.

"다 끝난 마당에 우리끼리 못 할 말이 어디 있어?"

진홍의 볼멘소리를 민수가 받았다.

"정수 형에게 직접 들었다니까. 학년부장이 시켰다고……"

"그게 정말이야?"

"뭐야, 우리도 좀 알자. 야, 창우야. 너도 몰라?"

모두의 시선이 창우에게 쏠렸다. 민준 역시 숨을 죽인 채 바라보았다. 하지만 창우는 고개조차 들지 않았다. 된장찌개를 뜨는 숟가락이 잠시 흔들렸을 뿐이다.

질문은 무성한데 답해주는 쪽은 없으니 분위기가 흐리마리해졌다. 그때 누군가 공이나 한판 차자고 말했고 대번에 여기저기서 그러자고 했다. 강변 운동장으로 같이 가자는 강비의 말에 민준은 머뭇거렸다. 하지만 창우는 민준의 곁눈질은 아랑곳하지 않고 그러자고, 느릿하게 대답했다.

어머니의 차 유리창에 돌이 날아든 적이 있다. 좁쌀만큼 작았던 금은 조금씩 사방으로 번지더니 보기에 흉할 정도까지 되었다. 이번 선거 기간에도 그 금 같은 것이 생긴 것 같다. 창우는 언제 그 금을 느꼈던 것일까? 정수 형은 어땠을까? 그러고 보니 정수 형에게 안길 때 뭔가 뻣뻣하고 냉랭했던 것 같다. 그때는 흥분해서 미처 몰랐다. 주머니 속에 송곳이라도 들어 있었던 것일까? 날카로운 무엇이 민준의 옆구리를 찌르는 느낌이 들었다.

형체가 없긴 하나 털어버릴 수 없는 찜찜함 때문에 민준은 이리저리 배회했다. 조금씩 마음이 가라앉자 그 금이 민준의 가슴에도 자국을 냈다. 민준은 장애인 시설에 간 적이 없다. 어머니가 만들어준 봉사 활동 확인서를 담임에게 냈을 뿐이다. 선거는 민준을 중심으로 돌아가지 않았다. 아는 것이 없고 알려고도 하지 않았다…… 담임과 정수 형과 어머니 그리고 창우 생각이 자잘한 금을 타고 여러 갈래로 흘렀다.

그사이 완전히 어둠이 내렸다. 문득 정신을 차려보니 지금 서 있는 곳이 어딘지 분간되지 않았다. 떨어진 은행잎으로 노래진 거리, 뒤질세라 형형색색 걸린 간판들, 찬바람에 몸을 옹송그리며 지나가는 사람들…… 민준은 가로수에 기댄 채 떨어지는 은행잎을 무심히 바라보았다. 터엉 텅, 머리가 비는 느낌이 나쁘지 않았다.

한참을 헤매다가 겨우겨우 아파트에 도착했다. 민준은 휴대전화를 켜면서 엘리베이터에 올랐다. 그제야 학원을 빼먹은 게 생각났다. 이래저래 어머니에게 면목 없는 날이 되고 말았지만, 마음 한편에서는 될 대로 돼라 싶었다.

뜻밖에 어머니가 현관에 서 있었다. 어머니의 두 뺨이 낮에 보았던 애기동백처럼 연붉었고 손에는 와인 잔이 들려 있었다. 민준이 돌아오기를 벼르고 있었던 모양이다. 민준은 어떤 말이 나오든 오늘만큼은 맞받아치고 싶었다. 그런데 마음과 달리 엉뚱한 말이 튀어나왔다.

"죄송해요. 할아버지에게는……"

"할 수 없지. 재검표는 아직 말씀 못 드렸어. 결과가 어떻게 될지 모르고 무섭기도 하고……"

어머니는 흐려지는 말을 헛웃음으로 대신했다. 민준뿐 아니라 어머니에게도 힘들었을 하루, 혼자서 술을 마신 모양이었다. 하필이면 이럴 때 1박 2일로 골프 여행을 떠났으니 아버지가 좋은 점수를 받기는 더욱 힘들겠다.

"근데 왜 여기 계세요?"

어머니는 그림을 가리켰다. 안간힘을 쓰면서 물살을 거스르는 개가 거기 있었다. 슬픔이 밴 그 눈은 와인으로 붉어진 어머니 눈을 똑 닮았다.

"아침에는 한 가지만 얘기했다만 이 그림에는 제목이 하나 더 있어. '모래에 묻히는 개.'"

민준은 다시 그림을 보았다. 듣고 보니 개가 거대한 사막 모래에 속수무책 빠지는 모습 같기도 했다. 어머니가 마시던 와인 잔을 민준에게 건넸다. 평소에 없던 일이다.

민준은 어머니를 보았다. 그러자 그동안 어머니가 한 일은 어디까지냐고 따지고 싶던 마음이 서서히 사라졌다. 어릴 때부터 할아버지에게 당하는 모습을 볼 때마다 민준은 어머니를 기쁘게 하고 싶었다. 동생 희준이 공부나 언행이 뒤처지는 만큼 어머니를 당당하게 할 사람은 자신뿐이라 여겼다. 민준은 감독의 작전과 지시대로 움직이는 선수였다. 모든 게 선수를 위한 일이라는 데에도 토 달지 않았다.

민준은 어머니 표정을 살피며 잔을 받았다.

"술은 왜? 저 때문에 허탈하셨던 거예요?"

"뭐, 이런저런…… 영주가 다시 전화했더라. 사귀는 남자 두고 맞선 보더니 이제 와서 팔려 가는 거 같단다. 계집애, 약해 빠져서."

"이모는 그런 얘기를 왜 엄마에게 해요? 친자매도 아니고 사촌이잖아요."

"나랑 비슷하다는 말이겠지. 저나 나나 친정이 애옥살림이니 말이야. 클 때 내가 부러웠대. 그런데 정작 그런 상황이 되니까 저도 모래에 묻히겠다 싶은 거야."

그림을 쳐다보는 어머니의 눈이 번들거렸다. 오랫동안 쌓인 슬픔 같은 게 그 눈에 들어찼다. 눈이 붉으니 얼굴도 더 붉게 보였다. 어떤 물살이든 헤치며 살아가는 어머니와 다른 모습이었다. 달라서 낯설었고 낯설어서 피하고 싶었다. 민준은 그림을 보면서 어머니 눈치를 살폈다.

"요즘은 그림 안 그리세요? 화가가 꿈이셨다면서요."

"꿈은 무슨? 잊은 지 오래야. 요새 내 꿈은 네가 의대 가는 거뿐이야."

자신이 아닌 자식이 왜 꿈이 되어야 하는지, 그게 자식에게는 얼마나 무거운 돌인지, 민준은 말하고 싶었지만 그럴 수 없었다. 민준은 입안에 맴도는 말들을 참으며 다시 그림을 보았다.

가만히 보고 있자니 그림 속 모래가 꿈틀거렸다. 윙윙거리며 몸집을 불린 모래는 잠깐만에 밖으로 쏟아져 민준을 에워쌌다. 까끌까끌한 모래가 입안에 들어차더니 민준의 가슴과 목을 압박했다.

잠시 뒤 모래는 바람을 일으키며 액자 안으로 돌아갔다. 모래에 싸잡혀 그림으로 들어간 민준은 개와 겹쳐졌다. 팔다리와 옆구리 사이로 모래가 무겁게 파고들었다. 두 다리가 휘청거렸다.

민준은 버둥거리는 마음으로 들고 있던 와인을 단숨에 들이켰다. 달곰씁쓸한 기운이 목을 타고 가슴 밑바닥까지 흘렀다. 물살을 거스르는 개라고도 했던가. 민준은 넘어지지 않으려고 중심을 잡으며 상체를 곧추세웠다.

모래에 묻히고 말 것인가, 물살을 거슬러 오를 것인가.

민준의 눈가가 붉어지더니 이윽고 눈물 한 방울이 볼을 탔다.

사막의 눈기둥
—창우 2

    지금은 야간자습 1차시, 창우는 민준의 뒷모습을 바라보고 있다. 겉옷은 의자에 걸쳐두었나 보다. 잘 다려진 와이셔츠가 푸르게 빛난다. 수학 문제라도 풀고 있는 걸까, 민준의 팔이 조금씩 움직였다. 민준을 바라보느라고 창우의 영어책은 책상 귀퉁이로 밀렸다. 이러다가 내일 단어 시험에 백지를 내게 될지 모르겠다. 딴짓한다고 담임이나 감독 선생에게 벌을 받을 수도 있다. 그런데도 쉽게 눈길이 거두어지지 않았다.

    어차피 공부는 안 될 날이지 싶다. 민준 어머니가 다시 떠올랐다. 모래를 씹은 듯 입안이 까끌까끌했다. 2학년 때도 같은 반이 되었다는 기쁨에서 너무 멀리 왔다. 뭔가 삐걱거리는 느낌, 불투명한 막을 이제 냉정하게 들여다보아야 한다.

    2학년 들어 민준이 반장에 출마하겠다고 했을 때 창우는 놀랐다. 하는 게 유리하대, 학생회 관련 일이 하나쯤 있어야 한다네.

민준은 남 얘기하듯 말했다. 하지만 창우는 민준의 무표정에 숨은 애석함이 다시금 속상했다. 전교 부회장이면 좋았을 텐데……그 일은 창우에게도 씁쓸한 패배였다. 여러 가지 생각을 하게 한 아픈 기억이었다.

창우는 불출마 의사를 밝히며 애들 표를 몰아주었다. 창우에게 던지려던 표라는 걸 아는 민준은 고맙다고 했다. 민준과 늘 하나라고 믿었던 창우는 그 말이 싫었다. 그런데 민준 어머니의 마음은 더 멀리 달아나 있었던 모양이다. 창우가 학년실 앞까지 뛰어가서 인사했지만 고맙다는 말조차 없었다. 예전의 다정함은 찾아볼 수 없었다. 초등학교 때는 민준과 형제처럼 지내라며 과분할 정도로 잘해주었다. 그때는 창우가 민준보다 덩치가 컸고 공부도 잘했다.

누나만 있어서였을까, 창우는 민준과 진짜 형제처럼 지내며 누나들에게 하지 못하는 얘기를 나누었다. 이를테면 짝사랑하던 여자애나 몽정, 자위 같은 거. 축구가 뭔지도 모를 때부터 같이 공을 찼고 놀이터에서도 많이 놀았다.

검도를 그만둔 건 아직도 아쉽다. 민준 어머니가 학원비를 내준다 했고 민준도 그러자 했지만, 아버지가 반대했다. 어린 창우가 생각해도 그건 아닌 것 같았다. 창우는 그때 처음으로 가난을 느꼈다. 가난은 불편하고 불합리한 것인 데다 사람을 후줄근하게 만든다는 걸 알았다. 그러니 가난한 사람들은, 남들 보기에는 시시하고 보잘것없다 할지라도, 돈 안 드는 자존심 하나로 현실을 버틸 수밖에 없다는 것도 알았다.

'이제 공도 안 차기로 했냐?'

창우는 민준의 등에 대고 속엣말을 한다. 창우는 지난 주말에
도 축구를 했다. 벌써 몇 년째다. 약속 시간을 따로 정하지 않는
데도 어느새 정기 모임이 되었다. 민준이 처음부터 축구를 즐겼
던 것은 아니다. 창우가 좋아하고 어머니가 권해서라고 말했으니
까. 하지만 조금씩 실력이 붙으면서 훌륭한 수비수가 되었다. 이
제 생각해보니 민준은 무엇이든 열심히 하는 게 장점인 것 같다.
시작은 잘해도 뒷수습이 부족한 자신과 달리 민준은 한 번 마음
먹은 것은 중도에 그만두지 않는다.

'그런 성격 차이가 지금의 너와 나를 만든 것일까? 나는 여전히
공을 차는데 너는 단호하게 끊고, 나는 점점 성적이 떨어지는데
너는 저만치 앞서 나가고……'

창우는 중학교 교정의 느티나무를 떠올렸다. 요사이 축구를 끝
내고 혼자 돌아올 때면 무엇에 이끌리듯 맥주 한 캔을 들고 모교
로 가게 된다. 민준도 기억하고 있을까?

그날은 영화 「알렉산더」를 함께 본 날이었다. 민준의 전화를 받
고 창우는 밤거리를 달렸다. 무슨 영문인지는 몰랐다. 교문에 도
착했을 때 턱에 닿도록 숨이 가쁜 쪽은 창우였는데 민준의 얼굴
이 더 붉었다. 심각한 분위기가 흐르는 것 같기도 했다. 앞장서서
걷던 민준이 걸음을 멈춘 곳은 운동장 모퉁이, 높은 느티나무 아
래였다.

"창우야, 저녁 먹고 달을 보는데 갑자기 몸이 붕 뜨는 거야. 어지럽고 이상했어. 전쟁을 앞둔 알렉산더가 생각나고, 또…… 네가 떠올랐어. 창우야, 우리도…… 우리도 알렉산더와 헤파이스티온처럼……"

"우정을 맹세하자고?"

창우가 앞질러 말했다.

달빛이 민준의 굵은 쌍꺼풀과 반듯한 이마에 부딪혔다가 다시 물러났다. 창우는 민준의 시선을 따라 느티나무를 올려다보았다. 밑동에서 우듬지까지 잘 뻗은 나무였다. 달빛과 바람을 받은 나무는 신비로웠다. 말로 표현할 수 없는 벅찬 기운이 창우를 사로잡았다. 빠르게 도는 피의 움직임이 느껴졌다. 춥지 않고 오줌이 마렵지도 않은데 몸이 오싹 떨렸다. 그 순간 손에 축축한 기운이 얹혔다. 창우는 민준을 쳐다보면 안 될 것 같아 손 잡힌 채로 가만히 있었다.

"창우야, 임신서기석에도 있었다잖아. 이 나무 앞에서 우리도 영원한 친구가 되겠다고 약속하자…… 나는 맹세할 수 있어…… 너도 평생 나를……"

"그럼, 당근이지. 우리 우정은 영원할 거야."

물론 지금에 와서 그날 일을 잊었냐고, 과장이고 거짓이었냐고 민준에게 따지는 것은 아니다. 그때 민준의 말과 행동은 모두 진심이었다. 절실했고 뜨거운 맹세였다. 다만 민준은 감정이 얼마든지 변할 수 있다는 걸 몰랐을 뿐이다. 그러니 창우는 지금 민준이 괴로움을 섞어 그날을 회상하지 말기를, 도려내고 싶은 과거라고 몰아치지 않기를 바랄 뿐이다.

쉬는 시간을 알리는 벨 소리가 들리자 교실 안이 활기를 띤다. 자리에서 일어나는 애, 소리를 빽 지르는 놈, 책을 던지는 녀석······

가만히 앉아 있을 줄 알았던 민준을 교실 앞에서 만났다. 야간 자습 2차시 벨이 울리는 시점이었다. 성택과 이야기하던 민준은 어색한 미소를 띠며 교실로 들어갔다. 창우 마음도 불편했다. 민준은 요즘 성택과 다닌다. 묻지 않았는데도 과외를 같이할 뿐이라고 말했다. 그렇다면 창우가 지나갈 때 성택과 같이 있어도 어색해하지 않았으면 좋겠다. 웃던 민준이 침울해지고 장난으로 날리던 주먹을 시부저기 거둬들일 때마다 창우는 민망하고 괴로웠다. 아니다, 다 끝난 판을 미련스럽게 붙들고 있는 쪽은 자신일지 모른다. 인정하기 싫어도 할 수 없다. 오늘 창우가 민준의 뒷모습을 내내 바라본 것도 이제는 마음을 다잡아야 한다는 각성 때문이지 않은가.

지난 일요일이었다. 민준 어머니가 찾아왔다. 그동안 싫어하는 눈치를 느끼고 있었기에 불안감에 사로잡혀 벤치에 앉았다. 민준 어머니는 한참 동안 말이 없었다. 창우는 메타세쿼이아의 가느다란 잎이 떨어지는 걸 보고 있었다. 봄인데도 나뭇잎이 떨어지는 게 이상했지만, 세상일 중에서 알 수 있는 것이 얼마나 될까 하는 생각도 했다.

　"창우야, 그동안 우리 민준이와 잘 지내줘서 고마워."

　그동안,이라는 말이 걸렸다. 친구 사이에 시시비비를 따지자는 것도, 우정의 양을 측정하자는 것도 아니지만 억울했다. 민준과 보낸 시간이 아프게 가슴을 찔렀다. 가슴 밑바닥에서부터 치밀어 오르는 감정은 뜨거웠지만 창우는 차분하고 공손하게 말했다.

　"아닙니다. 어제 전화, 죄송했습니다. 이제 다시 축구 얘긴 않겠습니다."

　그때 울고 싶었다. 그런데 집으로 돌아오면서 창우는 처음과 다른 이유로 눈물을 흘렸다.

　날짜에 맞춰 공부할 과목과 범위가 적힌 민준의 다이어리를 보았다. 학원 특강이며 과외수업 일정도 며칠 간격으로 잡혀 있었다. 하지만 그건 아무것도 아니었다. 창우는 여백 사이사이를 채운 글귀에서 멍해질 수밖에 없었다. 떨리는 손으로 페이지를 넘기는 창우의 눈 주위가 벌게졌다.

　"창우야, 미안하다. 엄마란 이렇게 어리석단다. 거기에 적힌 것처럼 내가, 뜻을 이루려면 친구부터 바꾸라고 했어. 어릴 적 감상만으로 세상을 살 수 없고, 또 공부 환경이라는 것도 있으니까. 민준이도 공부와 우정을 동시에 지킬 수 없는 현실이 괴로웠겠…… 아들 몰래 널 만나고 있는 내가 참 부끄럽다. 부모가 뭔지……"

　창우는 고개를 숙인 채 민준 어머니의 말을 들었다. 메타세쿼

이아 잎이 다시 보였다. 나무는 봄인데도 왜 잎을 떨어뜨리는 걸까? 땅에 내려앉은 나뭇잎은 무엇을 몰랐을까? 창우는 서둘러 일어나 묵례를 하고 돌아섰다.

거리엔 어둠이 내려앉고 있었다. 창우는 정처 없이 걸었다. 바로 앞에 민준이 걸어가고 있는 것 같아, 민준의 쓸쓸한 등이 손에 잡힐 것만 같아 자꾸만 휘청거렸다.

*

등교 시간, 창우는 집에서 나와 그린마트 앞을 지났다. 언제나처럼 아버지가 계산대에 앉아 있다. 어릴 때부터 각인되다시피 한 모습이다. 아침 6시면 문을 열고 자정이 되어야 닫는 그린마트, 여전히 창우 가족의 밥줄이지만 이제는 점점 힘을 잃어가고 있다. 창우는 그린마트처럼 낡아 보이는 아버지가 마뜩잖아 얼른 걸음을 옮겼다.

"창우야, 이거 먹고 가."

창우는 돌아보지 않았다. 못 들은 척했다. 아버지가 건네는 음료를 받아도 여유 있게 버스를 탈 수 있지만, 마주 보기 싫었다. 밖에서 가족을 생각하면 마음이 싸하고 잘해야지 싶은데 집에서는 그렇게 되지 않았다. 부모님의 허름한 옷차림이 싫고, 해주는 게 없다고 미안해할 때는 괜스레 화가 났다. 마음은 그렇지 않은데 왜 짜증부터 나는지 모르겠다. 어쭙잖은 낭만도 싫었다. 이른

봄 산에서 진달래꽃을 꺾어 내려와서는 색깔이 곱다느니, 햇빛도 없는데 제법 올라왔다느니, 그늘로 먼저 찾아드는 꽃도 있다느니 하는 말들이 맘에 들지 않았다.

창우네 가게, 그린마트는 1년 내내 거의 볕이 들지 않는다. 그렇다고 그것이 문제가 되었던 건 아니다. 아파트에 곁다리처럼 붙은 상가라는 게 그렇다. 건물이 앉은 위치나 방향은 오로지 입주민의 발걸음을 잡을 수 있느냐 없느냐만 중요하다. 그런 의미에서 그린마트는 나쁘지 않았다. 그린아파트 주민은 물론이거니와 큰길을 오가는 사람도 제법 드나들었으니까. 그렇게 10년 가까이 창우 가족을 먹여 살렸던 곳이지만 지금은 문을 닫아야 할 판이다. 작년 겨울 이후 매상이 반 이하로 줄었다고 부모님은 날마다 울상이다. 사정은 앞으로 점점 더 심각해져서 결국 창우네는 빈털터리로 내몰리게 될 것이다. 동네 어귀에 생긴 대형 할인매장 때문이다.

다시 야간자습 1차시, 오늘도 창우의 상념은 계속된다. 여전히 완강한 민준의 두 어깨에 눈이 간다. 민준은 그린마트 사정을 모르겠지. 그 공간에서 함께했던 일들을 기억이나 할까. 후, 창우는 한숨을 쉬었다. 한정 없이 바쁘기만 한 민준에게, 공부 외에는 아무것도 생각하기 싫다는 민준에게 무슨 기대를 한단 말인가. 민준의 글처럼 아무래도 너무 예민해진 걸까.

그린마트를 지우자 남아메리카의 아타카마가 떠올랐다. 얼마

전 지구과학 시간에 보았던 영상, 누렇게 펼쳐진 고원 사막은 끝이 보이지 않았다. 3,000미터인지 4,000미터인지 아주 높은 그곳은 물 한 방울조차 나지 않는다고 했다. 그런 곳에 조각난 피라미드처럼 보이는 눈기둥이 늘어서 있다니 신기하기만 했다. 그 뒤부터 길을 걷다가 문득, 수업하다가 문득, 옅은 졸음에 빠져들 때도 그 눈기둥이 떠올랐다. 담임이 알면 공부하기 싫으니까 별생각을 다 한다고 나무라겠지만 창우 스스로도 어쩔 수 없었다.

누군가 옆을 슥 지나간다. 창우는 움찔 놀라며 재빨리 문제집을 끌어당겼으나 뒤돌아서는 담임과 눈이 마주치고 말았다. 창우는 얼른 고개를 숙였다. 걱정과 달리 담임은 창우의 시선 따위는 무심히 건너뛰었다. 오른쪽에서 왼쪽으로, 앞에서 뒤로 샅샅이 훑던 담임의 눈길은 민준에게 오래 머물렀다. 담임은 민준이 무슨 과목을, 어떻게 공부하는지 궁금한가 보다. 애들은 그 틈을 타서 만화나 소설책을 집어넣고 피엠피나 태블릿 화면을 교육 방송으로 돌렸다. 잡담하던 쪽도 반듯한 자세로 돌아앉았다. 간발 차이로 방어막을 구축한 셈이다. 담임이 뚜벅뚜벅 걷는다. 민준이야 아니겠지만 대부분은 그쪽으로 신경이 쏠린다.

뒷덜미를 후려치는 소리, 그 순간 교실은 정적 속으로 침몰하고 애들 눈은 한곳으로 몰렸다. 재희다. 친구를 오토바이 사고로 잃고 난 후 재희는 공부도 웃음도 놓아버렸다. 지각이 늘고 야간 자습을 빠지기도 했다. 사정을 모르는 담임은 그때마다 어디서 반항이냐며 으르렁거렸다.

"야, 인마. 교실은 너 혼자만 쓰는 게 아니야. 떠들고 싶어도 참고, 내키지 않더라도 따라줘야 할 때가 있는 거야. 그게 공동생활이란 말이야."

당사자가 아니라도 기분 더러워지는 말이다. 야비하게 비아냥대는 꼴이라니, 살갗이 다 스멀거렸다. 창우는 재희를 쳐다보았다. 이번 주엔 공 차러 나오면 다행이겠는데 어떨지 모르겠다. 무슨 말을 해야 예전의 재희로 돌아갈 수 있을까. 영어나 수학뿐 아니라 상심한 친구를 위로하는 방법 같은 것도 학교에서 가르쳐주면 좋겠다.

이윽고 교탁 앞으로 돌아온 담임의 설교가 계속된다.

"내, 누차 말하지만, 지금부터 마음 다잡지 않으면 아무것도 안 된다. 3학년 되면 이미 늦다. 무조건 하는 거야. 의자에 얼마나 궁둥이를 붙이고 있는가에 너희들 평생이 달렸어. 주위에 어른들 봐라. 온종일 뛰어다녀도 가난에 허덕이는 사람이 있는가 하면, 몇 마디 말로 편안하게 돈 버는 사람도 있잖아. 머리? 그거 별거 아니다. 공부는 황금 알을 낳는 거위야. 로또보다 더 좋은 거지. 그러니 나중에 후회하지 말고 열심히 하란 말이야."

매일 같은 말, 지겹지 않은가. 지치지도 않는가. 게다가 담임은 지금 창우를 포함한 애들을 기만하고 있다. 공부는 마음만 먹는다고 되는 게 아니다. 아버지는 그린마트가 대형 할인매장에 밀릴 수밖에 없는 이유가 돈이라고 했다. 노력이나 성실 따위는 자본을 이길 수 없다고 했다. 창우 생각엔 공부도 마찬가지였다. 창우도 열심히 공부했다. 그런데 과외는커녕 학원도 못 가는 창우, 간혹 집안일을 거들어야 하는 창우에게 공부는 한계가 있었다. 대형 할인매장의 공세 앞에서 맥을 못 추는 부모님처럼 창우 역시 꺾이는 중이다. 그러니까, 담임의 저 말은 몇몇 애들에게만 해당하는 말일 것이다.

창우는 민준을 바라보았다. 이런 생각을 알게 된다면 고까워할지도 모르겠지만 민준을 비난하자는 게 아니다. 창우는 단지 자신의 현실을 바로 보자는 거다. 황금 알을 낳는 거위는 처음부터 정해져 있다는 걸 밝히고 싶을 뿐이다.

사실, 창우는 이과 성향이 아니다. 그런데도 선택과목을 정할 때 민준과 똑같이 생명과학, 화학, 지구과학에 동그라미를 쳤다. 같은 반이면 좋겠다는 민준의 말 한마디에 덜컥 표시해버렸다.

생각해보면 민준과는 다른 반이 되는 게 나았으리라. 그랬다면 조금씩 벌어지는 틈 따위는 느낄 새도 없이 예전처럼 다정한 친구로 지냈을는지도 모른다. 하지만 이제 우정은 당연하지도 영원하지도 않다. 어지럽고 혼란스러울 뿐이다. 상상할 수 없는 금액으로 이루어지는 과외 이야기나, 뜨악한 눈초리로 바라보는 민준어머니의 시선이 무엇을 말하는지 창우는 이제 알 수 있었다. 시쳇말로, 노는 물이 다른 것이다. 예전부터 아버지는 민준의 집을 두고 혼잣말을 하곤 했다. 비슷한 사람끼리 어울려야 친구도 오래가는 건데…… 그 말이, 창우를 바라보던 아버지의 눈길이 생각났다. 노는 물이라는 게 이렇게 큰 차이를 내는 걸까?

다시 아타카마가 떠오른다. 황량한 땅, 세계에서 가장 강수량이 낮다는 사막. 창우는 새삼스러운 눈으로 교실을 둘러본다. 희멀건 벽과 천장, 실내를 비추는 창문과 형광등, 엎드린 애들……그 위로 쏟아지는 모래 무더기.

모래는 책상과 의자를 지우면서 계속 차오른다. 교탁을 묻고 칠판을 지나 천장까지 채운다. 숨이 가쁘다. 건조한 흙바람이 불고 해와 달이 무심히 떴다가 지는 곳, 생장이 억제된 선인장만 산다는 그 사막을 여기, 이 교실에서 느낀다. 창우는 깔깔한 목구멍 안으로 침을 넘긴다. 눈을 다시 감았다. 꿈인지 환상인지 모를 세계에서 창우는 눈기둥의 그늘에 서 있었다. 아타카마사막에 줄느런히 선 그 눈기둥들.

*

딱딱거리는 소리가 끊임없이 들린다. 고개를 든 창우는 두리번거리다가 눈을 떴다. 짝이 깨운 모양이다. 감독 선생이 복도 벽을 치는 소리가 들리고 3차시가 시작된 지 벌써 20분이나 지나 있었다. 민준의 자리가 비어 있었다.

드디어 알았구나, 문득 떠오른 생각에 창우는 벌떡 일어났다. 왜 그러냐는 짝의 말을 무시하고 복도로 나왔다. 아래위층 화장실과 도서실 계단참, 급식실 통로까지 훑었지만 민준은 보이지 않았다. 마지막으로 창우는 운동장으로 통하는 후미진 스탠드 끝으로 걸음을 옮겼다. 가슴이 벌렁거리고 다리가 휘청거렸다.

풀어 헤친 넥타이, 얼굴이 부어 있고 셔츠는 더러워져 있었다. 창우가 다가가도 민준은 아무 말도 하지 않았다. 옆으로 비켜 앉는 시늉을 했을 뿐이다.

"왜 이래? 싸웠어?"

"이 녀석과 붙었어. 하도 답답해서."

기대고 있는 나무를 툭툭 치면서 민준이 말했다. 창우는 민준이 말하는 나무를 올려다보았다. 나뭇가지 뒤에서 후려치는 바람 때문에 잎사귀의 이면이 한꺼번에 드러났다. 민준이 그 일로 어머니와 싸웠을까? 창우는 자신의 억울함을 보상받는 기분이 들었다가 이내 고개를 저었다. 붓고 터진 얼굴은 보기에 딱했다. 창우는 자신이 다친 것처럼 마음이 쓰리고 따가웠다. 헝클어진 민준의 머리카락에 닿으려는 손에 묵직하고 차가운 촉감이 느껴졌다. 맥주였다.

"밖에서 사 왔어."

창우는 민준 옆에 털버덕 주저앉아 맥주를 목으로 넘겼다. 콜타르처럼 붙어 있던 무언가가 조금씩 내려가는 것 같았다. 그러고 보니 창우와 민준의 술 내력도 꽤 되었다. 수학여행과 소풍 뒤 끝, 축구 하고 돌아올 때면 으레 느티나무를 찾았고 가게를 지킬 때도 은밀한 미소와 함께 맥주를 홀짝거렸다. 창우는 민준이 아직도 술을, 그것도 학교에서 버젓이 마시는 게 놀라웠다. 사막의 눈기둥처럼 차가워지는 동안 맥주 따위도 잊은 줄 알았다.

"창우야, 영화 「알렉산더」 생각나니?"

민준의 말을 듣는 순간, 창우는 다시 뜨거운 물결을 느꼈다. 창우야말로 요즘 그 영화를 생각하며 지냈으니 말이다.

"요새 우리 엄마가 꼭 앤젤리나 졸리야. 숨 쉴 틈도 안 주고 나를 몰아쳐. 모든 게 대학으로만 연결되어 있어. 대학 잘 가서 엄마 정성에 보답하고 싶은데…… 쉽지가 않아."

창우는 맥이 풀렸다. 같은 영화를 얘기해도 코드가 달랐다. 알렉산더와 헤파이스티온을 생각하는 창우와 달리, 민준은 알렉산더와 어머니의 갈등을 떠올렸던 것이다. 다이어리 글귀들이 떠올랐다. 민준의 괴로움이 조금 이해가 되기도 했다. 하지만 창우는 비뚤어진 마음을 제자리에 돌려놓지 못한 채 빈정거리고 말았다.

"널 최고로 서포트 하시잖아. 나 같은 놈도 있는데 그런 얘기……"

"나, 중3 때 과학고 시험 쳐서 떨어졌잖아. 다시 그럴까 봐 불안해. 난 정말 공부 잘해서 좋은 대학 가고 싶어. 그래서 축구도 끊고 엄마 프로그램대로 따르는데…… 가끔 돌아버릴 거 같아. 내가 없어지는 것만 같아."

바람이 부는지 창우와 민준 앞으로 나무 그림자가 어른거렸다. 잘 참았어, 얘기 안 하기 잘했구나. 내면의 소리에 창우는 안도감을 느꼈다. 그동안의 속상함이 한결 풀리는 기분이었다.

잠시 뒤 빈 캔이 우그러지는 소리가 났다. 창우는 두어 모금 마시던 맥주를 민준에게 건넸다.

방금 시침과 분침이 하나가 되었다. 오늘이 내일로 넘어가는 순간이다. 창우는 지금 그린마트 계산대에 앉아 민준을 생각하고 있다. 민준을 빙자하여 자신을 되돌아보고 있는지도 모른다.

오가는 사람들이 제법 보이지만 손님은 하나도 없다. 요즘 아버지는 밤마다 '24시간 김밥집'에서 일한다. 더는 가게만 쳐다보고 있을 수 없기 때문이다. 차라리 문을 닫아버리면 좋으련만 권리금 때문에 그럴 수도 없다고 했다.

생각해보니 부모님은 추락할 걸 알면서도 내리막길을 뚜벅뚜벅 걷는 사람들이다. 그리고 그 슬픈 그림자 속에 자신도 있다. 고등학교를 거쳐 별탈 없이 대학을 졸업한다고 해도 결국 부모님의 삶 이상을 살아내긴 어려울 것이다. 다시 태어나지 않는 이상 민준을 향한 열등감을 지울 수 없듯이.

가게 문을 닫을 시간이다. 어제 같으면 공병 상자를 안으로 들인 다음 셔터를 내렸을 것이다. 하지만 오늘 창우는 여전히 계산대에 앉아 있다.

잠시 뒤 창우는 술과 음료수가 진열된 냉장고 앞에 섰다. 민준이 좋아하는 상표의 맥주를 하나 꺼냈다. 캔 표면을 쓸어내리자 손바닥에 먼지가 묻어났다. 과자도 하나 집었다. 먼지에다가 구김까지 있으니 보기에 딱하다. 포테이토칩이라고 적힌 과자 봉지 가장자리를 쭉쭉 펴보지만 여전히 후줄근했다. 창우는 구겨진 과자와 손바닥의 먼지를 번갈아 가며 한참 동안 들여다보았다. 대형 할인매장에서라면 잘 닦여서 밝은 조명을 받았겠지. 환하고 깨끗한 민준처럼.

창우는 술병 주둥이를 쓱 닦은 다음 입을 댔다. 자기 모습 같기만 한 과자 봉지도 죽 뜯었다. 맥주가 목을 타고 위벽을 훑었다. 짜르르한 기운이 둥근 배 속으로 퍼졌다. 오늘처럼 맥주를 나눠 마실 일이 또 있을까? 아니겠지? 창우는 씁쓸한 마음으로 다시 술을 들이켰다.

사막의 눈기둥이 생각났다. 아타카마사막은 해마다 많은 사람이 찾는다고 한다. 민준도 사막의 눈기둥처럼 많은 사람이 우러러보는 그런 사람이 될 것이다. 창우는 이제야 깨닫는다. 민준은 처음부터 알렉산더이고 자신은 헤파이스티온이었던 것이다. 그들처럼 우정이 끝까지 가지 못해 안타깝지만 어쩔 수 없다. 태생이 왕족인 민준은 그렇게 키워지고 창우는 창우대로 살아가는 거다. 민준은 높은 성적 받고 좋다는 대학에 갈 것이다. 창우에게서도 떠날 것이다. 창우는 민준의 과외 친구가 될 수 없고 경쟁자가 되어줄 수도 없다. 신파극 주인공 같은 대사라 마음에 들진 않지만, 창우는 민준을 보낼 수밖에 없다.

창우는 또 생각한다. 많은 사람이 눈기둥을 찾는 이유가 뭘까? 그건 아마도 물 한 방울 없는 사막에 생겨서일 것이다. 북극이나 남극에 있는 눈기둥이라면 사람들의 관심을 받지 못할 것이다. 그렇다면 눈기둥은 사막에 있어서 더욱 빛나는 존재가 되는 게 아닐까? 그러니 민준이 차갑고 도도한 눈기둥이 되더라도 사막을 잊지는 말았으면 좋겠다.

　창우는 앞으로 눈기둥이 드리우는 그늘에서 내내 서성이게 될 것이다. 그곳에서 마른침을 삼키며 민준을 바라보고 있을지도 모른다. 하지만 그늘이라고 내내 어둡기만 할까? 아버지가 꺾어 온 진달래처럼 그늘에서 피는 꽃도 있겠지. 창우는 이제 그런 꽃을 꿈꾸어야겠다고 생각한다. 그늘에서 피어도 진달래처럼 고울 수 있다면 그 얼마나 다행한 일이냐. 그걸 위안 삼아 자신의 길을 걸어가면 되지 않을까.

　술이 비었다. 창우는 민준처럼 캔을 우그러뜨린다. 이 하나의 장면에도 민준이 깃들어 있다는 게 쓸쓸하고 슬펐다.

프레임
— 민준 3

5월 초, 나흘 동안 중간고사를 쳤다. 2학년 들어 처음으로 치르는 내신 반영 시험이라 민준은 꽤 긴장했다. 여러 과목이 심화 과정으로 들어가기 때문에 웬만해서는 성과를 내기 어려웠다. 1학년 때부터 느낀 것이지만 중학교 때와는 달리 과목마다 귀재가 있었다. 예를 들면 창우는 국어, 영호는 수학, 성택은 물리를 잘했다. 민준은 수학이나 과학을 특출하게 잘하는 쪽은 아니었다. 그래도 3월 모의고사에서는 계열 1등이었다. 과목별로 성적 편차가 큰 다른 애들과 달리 점수가 고르게 나왔기 때문이다.

옆반 성택은 과외를 하면서 만났다. 지난겨울부터 새롭게 짜인 팀은 모두 내로라하는 애들이었다. 어머니 말로는 엄정 선발한 정예부대라고 했다. 성적뿐만 아니라 문화 수준도 비슷한 집안끼리 모았다는 말에 민준은 코웃음이 났다. 문화가 아니라 돈이겠지. 하긴 어머니라면 돈이 곧 문화라고 생각할지 모르겠다.

민준은 첫날부터 성택을 유심히 살폈다. 소문과 달리 평범한 인상이었다. 너부데데한 얼굴에 생글거리는 눈은 천재다운 날카로움보다 귀염성이 컸다. 게다가 책이 없어졌다느니 과제물을 잊었다느니 덜렁이 짓도 많이 했다. 하지만 성택은 민준이 여러 시간 혹은 며칠을 두고 고민했던 수학 문제를 단숨에 풀어내곤 했다. 감탄하고 질투하지 않을 수 없었다. 과외 선생도 놀라는 눈치였다.

어쨌든 민준과 성택은 빠르게 친구가 되었다. 먼저 친해진 어머니들이 야간자습을 마친 자식들을 번갈아 실어 날랐고, 주말에도 과외 시간에 맞춰 양쪽 집 차가 동원되었다. 성택 어머니는 민준을 보면 어른스럽다느니 차분하다느니 듣기 과분한 말을 늘어놓았다. 그에 반해 어머니는 성택의 머리가 좋다느니 집중력이 뛰어나다느니 추켜세웠다. 칭찬 릴레이 각본을 짰는지, 아들의 친구는 장점만 보이는 건지 알 수 없었다. 어쩌면 자기 아들에게 부족하거나 못마땅한 점을 그렇게 표현하는 것일 수도 있었다. 그러니 칭찬을 받는 것도, 옆에서 듣는 것도 편치 않았다. 그건 성택도 마찬가지인지, 둘은 어머니들의 시선을 피해 씁쓸한 웃음을 교환하곤 했다.

시험 첫째 날 1교시는 수학Ⅱ였다. 객관식 20문항에 주관식이 7문항으로 1번부터 단순하지 않았다. 15문항을 넘기면서부터는 자꾸 시계에 눈이 갔다. 운동장 끝에서 확성기 소리가 앵앵거렸다. 급식실 아주머니들이 집회를 시작한 지 벌써 여러 날이다. 계산식을 멀쩡히 세웠는데도 정답이 나오지 않았다. 다시 살펴보면 사칙연산이 틀려 있고, 다 못 풀었는데 다음 문제에 눈이 갔다. 농성꾼들이 내지르는 소리에 집중이 되지 않았다. 샤프심이 부러지고 예비 마킹이 어긋났다. 주관식이 세 문제나 남았는데 종료 시각 5분 전이라는 방송이 흘렀다. 늘 하던 대로 민준은 검은색 컴퓨터용 사인펜, 일명 컴싸로 답안지를 완성한 다음 주관식 문제를 다시 봤다. 하지만 미처 풀지 못한 상태에서 종료령이 울렸고 민준은 서둘러 적당한 숫자를 적었다.

감독 선생이 나가자 교실은 난리가 났다. 평소 같으면 문제지를 맞춰본다고 여기저기 몰려 있어야 할 애들이 비명을 지르거나 욕을 퍼부었다. 수학 선생을 성토하고 시험 치는 날까지 시끄럽게 구는 농성꾼들을 비난했다. 시험지를 찢어 창밖으로 던지는 애도 있었다. 영호야, 너도 어려웠어? 누군가의 말을 좇아 민준도 영호를 바라보았다. 좆 까, 들릴락 말락 영호가 한마디 했다. 민준은 한숨만 거푸 쉬다가 책상 위에 얼굴을 묻어버렸다.

내가 모르면 남들도 어려운 거다. 바로 그날 아침에 어머니에게 들은 말이다. 수Ⅱ 문제를 다 풀지 못한 걱정은 영호가 내뱉은 욕설로 조금이나마 상쇄되었다. 민준은 마음을 다잡고 나머지 시험을 치렀다. 다행히 2교시부터는 막히는 문항이 별로 없었다.

민준은 시험을 마치고 성택과 같이 현관을 나섰다. 아이들이 한꺼번에 쏟아져 나와 혼잡했다.

"수Ⅱ 어땠어?"

민준은 가방을 추어 메며 무심코 내뱉는 듯 물었다.

"뭐, 그럭저럭."

영호와 반응이 달랐다.

"난이도 조절에 실패한 거 아니야? 시간이 부족해서 다 못 풀었어. 우리 반은 어렵다고 난리던데……"

"그래? 약간 꼬였긴 해도 난 괜찮던데."

뭐야, 역시 천재는 다르단 말인가. 머리끝에서 발끝까지 서늘한 기운이 관통했다. 세상 일부가 무너지는 것 같았다. 교문 입구에 비상등을 켠 차가 보였다. 민준과 성택은 어머니가 챙겨 온 도시락을 먹고 화학과 지구과학 학원으로 가야 했다.

"아, 시간이 빠듯하긴 하더라. 나도 종 칠 때까지 바빴거든. 앗……"

갑자기 성택이 걸음을 멈추었다.

"그러고 보니 컴싸를 안 쓴 것 같다. 내가 어쨌지?"

민준의 귀에는 성택의 말이 들어오지 않았다. 성택과 자신 사이에 수Ⅱ라는 나무판자가 가로막힌 기분이었다. 민준이 낫다는 영어나 국어보다 열 배 이상 차이 나는 판자였다.

"컴싸를? 예비 마킹은 했고?"

"그야 당근."

"감독 샘이 확인했겠지……"

민준이 시큰둥하게 반응하자 성택은 두어 걸음 앞서 걸으며 혼잣말을 했다.

"에이, 중3 때처럼 사탕 몇 봉지 사야 하는 거 아냐?"

하기야 민준도 그런 적이 있었다. 중2 땐가, 국어 선생의 호출을 받고 성적 처리실로 갔다. 뭐 실수한 거 없어? 예? 없는데요. 정말? 예…… 그 순간 선생이 기말고사 답안지를 눈앞에 들이댔다. 예비 마킹만 되어 있지 컴싸의 흔적이 없었다. 답안지에 적혀 있는 자신의 이름을 보고도 민준은 믿을 수 없었다. 이렇게 사색이 될 거, 실수는 왜 하냐? 앞으로 이러면 안 된다. 가봐. 그걸로 끝이었다. 그럴 때 성택의 선생은 사탕을 사 오라고 했나 보았다.

정답지를 받았을 때 수Ⅱ를 맞춰보는 게 제일 두려웠다. 어머니는 가방을 뒤져서라도 점수를 확인하려 했지만, 민준은 신경질을 부리며 말문을 막았다.

"아무리 어려워도 그렇지, 수Ⅱ가 이게 뭐야. 이래서야……"

전산실에서 넘어온 확인용 점수표를 전달하며 담임이 말했다. 이래서야 ○○대를 갈 수 있겠냐는 뜻이다. 머리를 긁적이며 교무실을 나온 민준은 자기 성적부터 봤다. 주·객관식을 합쳐 72.3, 성택의 점수와 엄청난 차이였다. 휴우, 한숨이 저절로 흘렀다.

일주일쯤 지나 최종 성적 확인이 있었다. 급식실에서 저녁밥을 먹다가 어머니의 전화를 받았다. 민준이 이과에서 2등이라고 했다. 성적표가 나오기 전인데도 담임이 말해준 모양이다. 어머니를 통해 성적을 듣는 게 이상했지만, 민준은 2등이라는 말에 가슴을 쓸어내렸다.

'성택이 톱이구나.'

민준은 생각했다. 성택의 성적을 꿰고 있었기 때문이다. 그런데 교무실을 나오는 성택의 얼굴이 사색이더라는 말이 들리고, 성택의 담임과 성적 처리 선생이 싸우더라는 소문도 돌았다. 민준은 화장실을 오며 가며 옆 교실을 살폈으나 성택은 보이지 않았다.

야간자습을 마치고 집으로 돌아갈 때도 혼자였다. 어머니는 시동을 켜며 성택은 왜 안 타냐고 물었다. 민준은 안전띠를 매면서 들은 대로 전했다.

"성택이 수Ⅱ가 37점으로 나왔대요."

"응? 93점이라며?"

헐, 민준은 자신도 모르게 헛웃음이 났다. 놀라운 기억력이었다. 아들 점수와 비교하고 있었겠지.

"객관식을 예비 마킹만 한 거야. 컴싸로 해야 기계가 읽어내니까 0점으로 나왔나 봐요. 37점은 주관식 점수고."

"확인 안 하나?"

"두 번이나 했어요. 워낙 덜렁이라 반장이 불러주는데 신경을 안 썼겠지. 오늘 알고 난리 난 거야."

"그럼 이제 어찌 되는 건데?"

"고쳐주겠지, 뭐. 나도 중학교 때 그런 적 있었잖아요."

"아닐걸. 그게 그렇게는……"

어머니는 말을 흐렸다. 뒤차가 빵빵거렸다. 신호가 바뀌는 것도 놀랐는지 어머니는 그제야 차를 움직였다.

보통 최종 확인이 끝나면 하루 이틀 이내에 성적표가 나왔다. 하지만 성택의 문제로 모든 결재가 미루어졌다는 소문이 돌았다. 듣다 보니 상황이 저절로 정리되었다. 우선 성택의 담임이 수Ⅱ 과목 선생에게 예비 마킹을 컴싸로 입혀달라고 했다. 수Ⅱ 선생은 감독관이 할 일이라고 했다. 짜증을 참으며 성택의 담임은 시험 감독 선생을 찾아갔다. 감독 선생은 모호한 표정을 지으며 여러 사람에게 자문을 구했다. 봐주라는 선생이 있고 답안지에 어떻게 손을 대느냐는 선생도 있었다. ○○대 갈 놈이라고요, ○○대. 성택의 담임 말이 귀에 쟁쟁했지만 감독 선생은 마음을 단단히 먹었다. 기간제 교사라서 시키는 대로 한다는 말을 듣기도 싫었다. 그는 감독하면서 예비 마킹 상태로 두어서는 안 된다는 말을 분명히 알렸으니 고쳐줄 수 없다고 판단했다.

다음 날 성택의 담임은 학교 명예를 높일 학생의 일에 이렇듯 무관심할 수 있느냐고 교장에게 하소연했다. 교장은 평가부장과 교감을 불러 학생에게 불이익이 돌아가지 않도록 잡음 없이 해결하라고 지시했다. 하지만 바이러스가 퍼지듯 교무실은 토론의 장이 되어버렸고 교무실에서 물어온 말씨들이 교실마다 퍼졌다. 선생들은 관례로 해주는 일이라는 쪽과 이미 공론화되었으니 절대 안 된다는 쪽이 맞섰다. 한쪽이 학생의 앞길을 막을 수 없다고 말하면, 학교가 공부 잘하는 애만 위해 있는 거냐고 핏대를 올렸다. 융통성이 있어야지 소리치면, 원칙을 가르쳐야 한다고 되받았다. 교문 앞 농성꾼들 싸움이 교무실에서도 벌어졌다. 더 고상하고 세련되었을지 몰라도 서로 다른 프레임을 쥐고 자기편 목소리만 내는 건 똑같았다.

하루 더 지나자 성택의 담임은 새로운 주장을 펼쳤다. 답안지 이상 유무를 확인하는 게 감독관의 일이니, 그 일을 제대로 못 한 선생은 책임을 져야 한다고 했다. 지금 협박하는 거냐며 몇몇은 감독 선생을 감싸며 분노했다. 민준의 담임이 가장 격렬하게 반응하는 쪽이었다. 이제 감독관의 역할에 관한 얘기로 갑론을박 시끄러웠다. 감독 선생이 교장실로 불려가 혼났다더라, 성택의 부모님이 삿대질했다더라 하는 말이 들렸다. 꿇어앉아 빌었다고도 했다.

교육청 상급자가 다녀갔다는 소문이 들리더니 교장이 '학업성적관리위원회'를 소집했다. 선생을 넘어 학부모도 두 패로 나뉘어 제 주장들을 펼치고 있으니 공식적인 절차를 밟을 수밖에 없었다. 관리위원회 소속 선생들은 성택을 부르고, 그 반 학생들과 감독 선생도 불러들였다. 성택은 당연히 컴싸로 했다고 생각했다, 감독 선생님이 확인해주는 줄로 알았다, 시간이 바쁘니 예비 마킹이라도 빨리하라는 말을 들은 것도 같다고 진술했다. 반장이 확인용 전표를 불러줄 때는 교실에 없었다고 했다. 민준이 들은 얘기와는 달랐다.

위원들이 결론을 도출하는 동안 교무실에서는 선생들이, 교실에서는 학생들이, 교문 밖에서는 학부모들이 시끄러웠다. 끼리끼리 뭉쳐 상대편의 말에는 아예 귀를 닫았다. 민준은 그중에서 가장 뜨거웠던 집단은 학부모였다고 생각한다. 그 며칠 동안 컴퓨터와 전화기를 붙들고 어머니가 얼마나 바빴는지 알기 때문이다.

*

손에 든 운동화를 신고 현관을 나서자 북소리가 들렸다. 오늘도 여전히 농성꾼들이 진을 친 모양이다. 일자리를 잃은 급식실 아주머니들과 어디 어디 소속이라는 아저씨들의 고함이 점점 가까워졌다. 민준의 인상이 찌푸려졌다. 벌써 몇 달째 저러고들 있다. 사흘돌이로 경찰과 몸싸움을 하고 천막을 철거당해도 이내 다시 모인다. 처음 매스컴에 보도될 때는 신기하기도 했으나 이제는 시큰둥할 뿐이다. 그들은 천막을 치고 깃발을 내걸고 투쟁 기금을 모으고 씩씩하게 노래를 부른다. 학교 안에까지 들어와 유인물을 나눠주기도 한다. 학생들은, 처음에는 망설이기라도 했지만, 지금은 대부분 받자마자 버린다.

급식실 위탁 운영이 문제라지만 학교 직영으로 운영되던 작년에도 불만은 많았다. 교지에 급식 비판 글을 실었던 창우는 아주머니들로부터 대놓고 욕을 먹기도 했다. 그러니 학생들은 직영이든 위탁 업체든 밥만 맛있으면 된다고 생각한다.

교문을 통과했다. 어제처럼 목소리 굵은 사내가 구호를 외치자 아주머니들이 그대로 복창했다. 그들의 요구에 따르자면 교장은 물러나야 하고, 재단 이사장은 자폭해야 하고, 자신들은 모두 복직되어야 한다. 이루어질 것 같지 않은 소리를 똑같이 반복하는 힘은 어디서 나오는지 모르겠다.

민준은 억지로 받은 유인물을 구겼다. 주위에 쓰레기통이 없다. 할 수 없이 호주머니에 넣는데 빳빳한 봉투가 손에 잡혔다. 학원비다. 성택을 만나면 혹시라도 쓰일까 싶어 넣어온 것이다.

호수공원으로 가는 길은 처음이다. 주도로에서 바라보면 산 왼쪽에 학교가, 오른쪽에 아파트 단지가 있다. 호수는 하산 길과 연결되어 있다. 떨어진 꽃잎으로 길바닥이 하얬다. 눈을 들어 나무를 바라보니 손톱만 한 꽃들이 빽빽이 피어 있다. 길옆에도 별같이 생긴 노란 꽃, 소시지처럼 생긴 보라색 꽃이 제각각 몸을 곧추세우고 있다. 진한 향기가 밴 저녁 공기가 팔을 간질인다. 나무와 풀과 꽃이 힘을 잃어가는 햇살 속으로 섞여들고 있다. 민준은 눈을 반쯤 감고 휘적휘적 걸었다.

해찰도 잠시, 민준은 머리를 흔들었다. 뛰어도 바특할 판에 웬 여유인가 싶다. 담임은 야간자습 시간에는 맞춰 돌아와야 한다며 외출증을 끊어주었다. 손목을 들어 시계를 봤다. 서둘러야 할 것 같다. 그런데 성택은 왜, 이런 시간에, 하필이면 호수로 나오라는 걸까?

오랜 발길로 반질반질해진 길이 지그재그로 펼쳐져 있다. 그 오르막 끝에 호수가 있나 보았다. 사각형 구멍이 군데군데 뚫린 커다란 나무판자 앞에 익숙한 교복이 서 있다. 눈이 마주치자 성택이 손을 흔들었다. 민준도 오른손을 들어 보였다. 내려다보는 시선 때문인지 민준의 걸음이 부자연스러웠다.

　오르막을 오르자 호수가 한눈에 들어왔다. 4층 교실에서 볼 때보다 훨씬 넓다. 수업 중이나 쉬는 시간, 무심코 던지는 눈길 속에 언제나 호수가 있었다. 책상에 앉은 채로 오른쪽을 바라보면 운동장 밖이 곧바로 호수였다.

　"살 빠졌네……"

　하고 싶은, 해야 할 이야기를 제치고 엉뚱한 말이 튀어나왔다.

　"어, 그래? 그거 잘됐다. 내 소원이 너처럼 날씬해지는 거였잖아."

　농담은 여전했다. 민준은 피식 웃고 말았다. 다행이다 싶으면서도 가슴 한구석이 싸했다.

　"너네 담임이 날마다 나를 찾았어. 그동안 어딜 다녔던 거야?"

　성택은 대답 대신 턱을 들어 산을 가리켰다.

　"산에? 일주일씩이나?"

　"흐흐, 일주일 동안 어떻게 산에서 지내냐? 날마다 올라갔지. 지난 월요일이었어. 정문이 저만치 보이는데 정말 들어가기 싫더라. 학교 길 접고 이쪽으로 와버렸지. 다음 날은 망설이지도 않고 올라왔고."

　"담임이 집으로 연락했을 거 아냐?"

　"당근, 그런데 엄마도 아무 말 안 하더라. 날마다 저 밑에서 날 내려주곤 끝이었어."

"며칠 전에 네 담임이 그랬어…… 병결로 처리하고 있으니까 빨리 돌아오라고."

"뭐, 병결이라고? 야, 지금 내가 아프냐?"

"널 위해서지. 생기부에 무단결로 기록되면 대학 가는 데……"

"무단결인데 병결로? 흥, 그 잘난 원칙은 어디 갔지? 누구라도 나서서 무단결이라고 해야 하는 거 아냐? 똑똑한 애들 많잖아. 훌륭한 선생도 많고."

성택이 두두두 말을 쏟더니 제풀에 머쓱, 끊었다. 살이 빠지고 햇볕에 그을리며 보낸 일주일이 마음을 잡는 데는 부족했나 보다. 민준은 대답 대신 성택의 눈길을 피해 나무판자를 바라보았다. 검은 나무판자에 사각형 구멍이 여러 개 나 있다. 아래쪽은 가로로 길게 누운 사각형, 허리 높이에는 급훈 액자만 한 정사각형, 이마 높이 정도에는 교실 책상만 한 사각형이 뚫려 있다. 그리고 호수 풍경이 사각형의 크기만큼 들어차 있다. 꽃창포거나 물이거나 물과 오리가 같이 있거나 갈대와 연잎이 나란히 보이거나.

"시간 있지? 한 바퀴 돌자."

호수를 돌자고? 뜬금없었지만 민준은 성택을 따라 걸음을 옮겼다. 가벼운 복장을 한 사람들이 빠르게 혹은 천천히 옆을 지나갔다. 민준은 새삼스러운 눈으로 호수를 돌아 산으로 이어진 산책로를 바라보았다.

별다른 얘기 없이 걷다 보니 흘끔흘끔 바라보는 사람들의 눈길이 심상치 않다. 하긴 저물녘의 산이나 호수는 교복 입은 학생이 있을 만한 장소가 아니다. 민준은 불량 학생으로 보일까 봐 걱정되었다.

"웬 교복? 학교도 안 오면서."

"아침마다 학교 가려고 했어. 매번 포기해서 그렇지."

"그래도 교복 입고 산은 좀 그랬겠다. 어머니는 아무 말씀 안 하셨어?"

"오죽하셨을까. 서로 피했던 거지. 내 안에서 왕왕거리는 소리가 감당 안 되는데 엄마 말이 들릴 리도 없고."

안에서 왕왕거리는 소리…… 그 말이 목에 턱 걸렸다. 민준이 걸음을 멈추자 성택도 멈칫거렸다. 미세한 긴장이 흘렀다. 입술이 마른다. 민준은 성택이 하려는 말이 두려웠다. 마침 등산로 입구라는 표지가 눈에 들어와 민준은 되는대로 지껄였다.

"저쪽으로 가면 정상이 나오나 봐."

그사이 성택은 다시 웃는 얼굴이다. 도대체 녀석의 속을 알 수가 없다.

"대개는 그렇지. 근데 몇 번 다녀보니까 사방이 길이더라. 올라오는 길, 내려오는 길이 따로 없어서 이리저리 다녀봤어. 참 이상한 건, 방향만 약간 바뀌었을 뿐인데 경치가 아주 다르게 보여. 덕분에 내 눈도 좀 키워진 느낌이고."

불어오는 바람이 삽상하다. 흔들리는 나무들이 만들던 그늘의 경계가 지워지고 대기는 점점 어스름해졌다. 민준과 성택은 어느새 호수를 한 바퀴 돌아 다시 제자리로 왔다.

"가야지? 외출증 끊어 왔을 거잖아."

시계를 거듭 보는 민준의 조바심을 읽었는지 성택이 말했다. 그래, 오늘은 잠시 헤어지지만 내일부터는 다시 붙어 다닐 수 있겠지. 탕아는 돌아왔고 이제 다시 친구 겸 경쟁자로 지내는 거야. 민준은 그간의 모든 일을 지우듯 가볍게 입을 열었다.

"이제 학교에서 보면 되네. 그동안 허전했어."

"아니, 나는 이제 학교 안 가. 그만두기 전에 네 얼굴이나 한번 보려고 연락한 거야."

"학교를…… 그만둔다고?"

"내일 자퇴서 쓴다. 부모님하고도 얘기 끝났어."

성택의 뒤에 선 커다란 나무판자가 울렁, 앞으로 쏠리는 것 같았다. 크고 작은 사각형으로 잘린 호수가 제각각 기우뚱 흔들렸다. 민준은 성택과 사각 틀을 번갈아 보다가 어지럼증을 느꼈다.

'그때 왜 그렇게 자세히 이야기했을까? 엄마가 끼어들 결과를 짐작하고 있었던 걸까? 생각에 골몰한 엄마를 보며 어떤 상상을 했을까?'

께름칙한 생각에 항변하듯 민준은 고개를 저었다. 일이 터진 후 성택은 일관되게 말했다. 당연히 컴싸로 했다고 생각했다, 감독 선생님이 확인해주는 줄로 알았다, 반장이 확인용 전표를 불러줄 때는 교실에 없었다…… 민준은 사실과 다르다고 말하지 않았다. 성택에게 불리한 진술을 할 생각은 없었다. 하지만 과연,

민준의 진심은 무엇이었을까. 성택의 점수가 고쳐지길 원했을까……

"학교를 그만두면 어쩔 건데."

어디엔가 쥐어박힌 듯한 목소리로 민준이 말을 이었다.

"다음 시험에서 만회하면 되고, 또 그게 아니더라도 수능만 잘 보면 얼마든지……"

"민준아, 감독 샘이나 학교가 원망스러워 이러는 거 아니야. 그냥 학교가 싫어졌어. 쪽팔리기도 하고…… 나 때문에 온갖 말들이 오간 공간으로 다시 들어가고 싶지 않아. 너도 알다시피 내가 복잡한 인간은 아닌데 이번 일로 생각이 많아졌다고나 할까?"

"야! 대학도 가야 하고……"

"누가 포기한대? 저 산 말이야, 오르는 길이 여러 군데더라. 대학도 그렇겠지. 학교만 방법인 건 아니야."

"성택아, 그래도……"

"뜬금없는 얘기 같지만, 몇 날 며칠 교문 앞에서 서성대다 보니 농성하는 아주머니들이 다시 보이더라. 경우는 다르지만 나도 그분들처럼 교문 안으로 못 들어가고…… 그렇다고 그분들을 편드는 건 아니야. 다만 저럴 수 있구나, 제각각 다르게 주장할 수도 있구나, 하는 생각이 들더라. 그리고 나니 맘도 좀 편해지고."

"……앞으로 어떻게 하려고?"

"산은 운동한다 생각하며 가끔 오고 도서관 가지, 뭐. 어릴 때는 책벌레라는 말도 들었는데 요샌 통 못 읽었어. 책이 질리면 공부도 하겠지. 야야, 걱정하지 마라. 검정고시 치고 수능도 볼 거다."

성택이 거침없이 말했다. 학교는 성택이 그만둔다는데 안절부절못하는 사람은 민준이다.

성택이 내리막길을 가리켰다. 먼저 가라는 신호였지만 민준은 걸음을 떼지 못했다. 아직 서로에게 남은 말이 있지 않을까? 그런데 성택은 지칫거리는 민준을 두고 다른 생각을 했나 보다.

"뭘 보니? 전망대?"

등지고 신 나무판사를 가리키며 성택이 말했다.

뭐? 저게 무슨…… 생각과 달리 민준은 이끌리듯 판자 앞으로 다가갔다. 성택을 따라 몸을 쪼그린 채 아래쪽 사각형을 보았다. 꽃창포가 그득하다. 텔레비전 화면이나 사진 같기도 하고 집 벽에 걸린 그림처럼 보이기도 했다. 위쪽 사각형을 통해 보는 풍경은 또 달랐다. 호수는 하나인데 크거나 작거나 높거나 낮거나에 따라 다른 경치를 잡아내고 있다. 민준은 자리를 옮겨 가며 사각틀을 통해 호수를 바라보았다.

아, 민준은 기어이 낮은 탄성을 질렀다. 성택, 어머니, 성택 담임, 감독 선생…… 그동안 사람들은 각자의 사각형 앞에 매달려서 이게 호수다, 이게 호수다, 라고 소리 질렀던 게 아닐까. 다른 사람의 프레임은 아랑곳없이 말이다.

어느새 어둑어둑해졌다. 올라갈 때 보았던 꽃들도 색깔을 잃었다. 둘은 걸음을 멈췄다. 갈림길이다. 민준은 학교로, 성택은 반대편으로 가야 한다. 민준은 돌아서는 성택을 잡았다. 이대로 보낼 수 없었다.

"다시 생각해볼 수 없어?"

성택은 천천히 고개를 가로저었다. 어둠에 가려 표정을 알 수 없는 게 안타까웠다. 잠시 머뭇거리던 민준이 성택에게 말했다.

"미안해……"

"네가 뭘? 넌 내 말이 거짓말인 줄 알면서도 가만히 있었잖아. 사실대로 말했으면 너네 담임이나 감독 샘이 좋아했을 텐데 말이야."

"우리 엄마도……"

"생각 차이잖아. 서운하게 여긴 우리 엄마가 공사 구분이 없었던 거지. 어쨌든 그건 어른들 일이고 나는 네가 고마웠어. 간다, 친구야."

성택이 손을 들어 보이고는 돌아섰다. 어둠으로 둘러싸인 사각 프레임 속으로 성택이 멀어져갔다.

*

종소리가 교문 입구에까지 들렸다. 야간자습 예비 신호다. 집회도 끝나가는지 피켓과 플래카드를 정리하는 손길이 바쁘다. 천막 앞에는 먹거리가 펼쳐져 있다. 술병도 나뒹군다. 언제부터 마셔댄

건지 불콰한 얼굴들이 큰 소리로 떠들고 있다. 빨리 와요…… 싸움도 먹고 해야지…… 정리는 나중에 하고 여기 조직부장님 말씀 좀 들어보세요. 곧 가셔야 한대…… 민준은 자기 앞에 펼쳐진 풍경이 새삼스러워 한참이나 서 있었다.

다시 종소리가 들렸다. 야간자습 시작이다. 하지만 민준은 얼른 걸음을 떼어놓지 못했다. 무엇인가 발목을 잡아끄는 기분이었다. 어둠이 짙어져서인지 피켓과 농성꾼들이 둥둥 떠서 움직이는 것 같다. 아주머니 한 분이 흰 상자를 들고 옮기고 있다. '투쟁기금 모금'이라는 글자가 눈에 들어왔다. 민준은 호주머니에서 손을 빼다가 다시 넣었다. 학원비 봉투가 잡혔다. 그러다 무엇에 홀린 듯 아주머니를 향해 입을 열었다.

"잠, 잠깐만요."

아주머니가 의아한 눈길을 보내며 섰다. 민준은 애매한 미소를 띠며 상자 속에 봉투를 넣었다. 그리고 교문 안으로 급히 달렸다. 학생, 하고 부르는 목소리가 들렸지만 뒤돌아보지 않았다.

민준은 현관 앞에서 숨을 골랐다. 머리도 긁적였다. 아무래도 멋쩍은 일이다. 방금 한 행동이 어디서부터 연유한 충동인지도 모르겠다.

한꺼번에 들리던 교탁 두드리는 소리, 조용히 하라는 소리가 잦아들더니 일순 정적이다. 환하면서도 차가운 교실에서는 출석 체크를 하고 있겠지. 빛의 속도로 달려도 모자랄 판인데 신발이 바닥에 붙어버린 것 같았다.

한참이 지났다. 나중에 메시지라도 보내야겠다고 생각하며 민준은 사각 프레임 안으로 천천히 걸음을 옮겼다.

성택은 지금 어디쯤 가고 있을까?

순천만
─창우 3

　시외버스가 움직였다. 안 탈 거냐고, 기사가 고함을 질렀다. 창
우는 재희를 밀며 차에 올랐다.

　내부는 시원해 이내 땀이 말랐다. 건너편에 앉은 재희는 눈을
감고 있다. 못 본 사이에 얼굴이 마르고 까칠해졌다. 손등의 흉터
는 아직 그대로다. 담뱃불로 지진 흔적이다. 그동안 재희는 여전
히 벽을 치며 울부짖었을까?

　창우의 시선을 느꼈는지 재희가 눈을 떴다.

　"이왕 이렇게 된 거, 알고나 가자. 어디 간다고?"

　창우가 무턱대고 떠나자 했으니 뜬금없었을 것이다.

　"일단은 부산. 거기서 합류하기로 했어. 땅끝마을까지 간대."

　"땅끝은 개뿔, 여자라며? 네 여자 만나는데 내가 왜?"

　"블로그에서 알게 된 누나라니까 자꾸 그런다. 나도 처음 만나
는 거야."

"흠, 처음이라, 고삐리라고 밝히긴 한 거야? 그 여자도 어떻게 된 거 아냐?"

"함부로 얘기하지 마. 사비나 님이다. 우리는 영혼을 나누는……"

"지랄, 무슨 얘기하는지 뻔하다 뻔해."

재희가 입꼬리를 올리며 낄낄거렸다. 예전 모습이 비쳐서 좋았다. 창우는 재희 옆구리를 향해 주먹을 날렸다. 어쭈, 재희가 몸을 슬쩍 비틀며 손바닥으로 주먹을 받았다.

버스는 벚나무 터널을 지나는 중이다. 창밖 진초록이 몸으로 스며드는 것 같다. 마음마저 헐거워지면서 콧노래가 나왔다. 비로소 여행이 실감 났다. 창우는 몸을 뒤로 젖히며 통로 너머를 슬쩍 쳐다보았다. 재희가 눈을 찡그리며 손으로 창 커튼을 더듬고 있다. 거무죽죽한 흉터가 다시 드러났다.

일러준 대로 노포동에서 지하철로 갈아탔다. 사비나와 만날 일이 걱정스러웠다. 앞뒤 요량 없이 저질러놓고 지금 와서 후회라니, 요즘 따라 황당한 짓거리의 연속이다.

방과후수업 때문에 실질적인 휴일은 열흘뿐이었다. 2학년 여름방학은 놀 수 있는 마지막 기회라며 저마다 휴가 계획이 있었다. 가족과 함께 해외로 나가거나 동아리 애들끼리 해수욕장으로 떠난다고 했다. 교회 수련회조차 없는 창우는 몸과 마음이 한없이 늘어진 채 블로그와 페이스북만 들입다 파다가 사비나의 여행 계획을 알게 되었다. 최근 블로그 행차가 뜸했던 것이나 비장함으로 채워진 메일이 걱정스러웠고 그녀 혼자 떠난다는 것도 마음에 걸렸다.

여행 간다고 하자 어머니는 으레 민준네에 얹혀 가는 거로 알았다. 민준 어머니에게 전화하겠다는 걸 말렸을 뿐 다른 설명은 붙이지 않았다. 쓸쓸한 감정이 생목처럼 목에 걸렸다. 친구란 얼마든지 헤어지고 또 만난다지만 민준과 이렇게 될 줄은 몰랐다.

사비나와 덜컥 약속한 뒤 재희가 떠올랐다. 그 사건 이후로 칩거하고 있는 재희가 마음에 걸렸다. 훌훌 바람이라도 쐬고 오면 조금이라도 마음이 가벼워지지 않을까. 창우는 메시지조차 씹는 재희에게 전화를 걸어 급하게 필요하니 돈을 빌려달라고 했다. 예상대로 그 말에 재희가 나왔다. 의리에 호소한 전략은 들어맞았지만, 같이 떠나자는 말은 거절했다.

지금 생각하니 꾸며낸 일처럼 이상하지만, 어쨌든 재희까지 엮어 이곳까지 와버리고 말았다. 목적지에 도착했다는 안내 방송에 따라 창우는 배낭을 둘러매며 자리에서 일어났다. 재희도 백바지의 구김을 탈탈 털며 지하철 출입구 쪽으로 걸음을 옮겼다.

"씨바, 이게 뭐야. 너, 물먹은 거 아냐?"

용케 참는다 여겼던 재희가 욕을 퍼부었다. 창우는 못 들은 척, 애꿎은 휴대전화만 내려다보았다. 목과 등줄기로 땀이 흘렀다.

뜨거운 아지랑이를 내뿜는 도로 위로 오토바이 무리가 요란한 소리를 내며 지나갔다. 농락당했다는 기분과 그럴 리 없다는 생각이 시소를 탔다.

속았다는 쪽으로 완전히 무게가 실릴 무렵, 투덜거리는 재희를 따라 돌아서려는 순간, 마지막으로 통화 버튼을 누르려던 그때, 비상등을 밝힌 황금색 소형차가 보였다. 한 시간이나 기다린 속 상함은 저만치 가고 창우는 손을 크게 흔들었다. 재희에게 인상 풀고 가자는 말도 빠뜨리지 않았다.

사비나는 아담한 체형이었다. 민소매 셔츠와 반바지 밖으로 보이는 팔뚝과 허벅지는 몸에 비해 굵어 보였다. 시선을 끌 만큼 예쁘지는 않지만 깊게 쌍꺼풀진 눈이 인상적이었다. 긴 머리 컬이라 영화 「프라하의 봄」의 사비나처럼 보이기도 했다. 그녀는 격앙된 목소리로 주유소에 들렀다가 길을 잃었다고 했다.

창우의 소개에 사비나는 목걸이를 만지작거리고 있던 손을 재희 앞으로 내밀었다.

"안녕하세요. 뮤다 님에게 말씀 많이 들었어요."

"예? 뭐라고? 뮤……"

"아참, 재희야. 내가 뮤다다. 버뮤다에서 앞 글자를 뺀 것."

"어머, 친구 분은 모르나 봐요?"

"사비나 님. 말씀 놓으세요. 우리는 고2예요."

그녀는 송곳니가 드러나도록 웃기만 했다. 창우의 말에 사비나도 나이를 밝힐 줄 알았는데 그건 아니었다. 놀고 자빠졌네, 재희가 혼잣말을 궁싯거리며 차 뒷문을 열었다. 은근한 고민이었던 자리 배치가 해결되자 창우는 조수석에 앉았다. 낯선 향기가 코

102

끝을 간질였다.

"버뮤다 말이야. 해마다 비행기나 배가 실종된다는 삼각지대 맞지? 흔적도 없이 싹…… 미국 어디에 있다고 했나?"

안전띠를 끌어 매며 사비나가 말했다. 창우는 맞다고 대답한 후 각자의 머리끝을 잇는 삼각형을 상상했다. 변의 길이가 다르긴 하지만 그럭저럭 괜찮은 그림이 그려졌다. 기분이 한결 나아지고 마음이 넉넉해졌다. 배낭을 넘기려고 몸을 돌리니 재희는 팔짱을 낀 채 빼딱하게 앉아 있었다. 과자라도 권하고 싶었으나 이미 눈까지 감은 채였다.

사비나는 운전을 못했다. 조수의 본분으로 영화와 학교 이야기를 쉼 없이 떠들던 창우는 자주 말을 멈추어야만 했다. 사비나는 걸핏하면 브레이크를 밟았고, 깜빡이도 켜지 않은 채 차선을 옮기려다 물러나곤 했다. 그럴 때마다 창우는 가슴을 쓸어내렸다. 요금소를 지나면서는 옆에서도 느낄 정도로 바짝 얼어 있었다. 재희도 심상찮은 기운을 느꼈는지 꼿꼿이 앉아 지켜보고 있었다.

진영 휴게소로 들어갔다. 손바닥이 축축하고 온몸이 뻐근했다. 앞서 걷던 재희는 쓰레기통을 거칠게 찼다. 비질하던 아주머니가 노려보자 이번에는 보란 듯이 침을 뱉었다. 손차양을 만들며 뒤따르던 사비나가 인상을 구기며 걸음을 늦추었다. 이쪽저쪽을 살피던 창우 머릿속 회로도 8월의 대기처럼 달아올랐다.

아무래도 괜한 짓거리였다. 사비나의 글에서 위태로움을 느꼈고, 재희를 끌어내고 싶긴 했으나 사실은 민준 때문이었다. 한심하기 짝이 없지만, 잠시 정신이 홀렸다. 민준과 여행했던 땅끝마을과 순천만 지명을 듣는 순간, 떠나야겠다고 마음먹었던 것이다.

"이해하세요. 친구를 잃은 후로 계속 저래요."

"괜찮아. 속에 담고 있는 것보다 나아."

역시 어른은 달랐다. 거짓말일지언정 고마웠다. 사비나의 손이 다시 목걸이로 가 있다. 습관인 모양이다.

콜라와 커피를 사서 나오니 분위기가 심상찮았다. 재희가 기어이 싫은 소리를 한 모양이었다. 창우는 사비나의 표정부터 살폈다.

"야! 이분 얘기 좀 들어봐라. 고속도로를 처음 타본단다. 완, 전, 초, 보. 뭐, 땅끝? 땅끝보다 생명 끝에 먼저 닿겠어."

"크으, 그것도 괜찮겠네. 땅이든 생명이든 다 같은 끝 아니겠어?"

사비나가 비음 섞인 목소리로 말했다. 농담으로 넘기기에는 아슬아슬했다.

"보기보다 황당하시네. 야, 창우야, 원래 이런 분이냐? 그 뭐냐, 영화를 많이 봐서 인생도 영화로 착각하는 것 아니냐고. 창우너도 그렇잖아. 블로그에 이상한 글 써대고 가끔 희한한 소리나 하고 말이야. 친구라도 밥맛일 때가 있거든."

사비나가 몸을 꼬면서 자지러지게 웃었다. 끼어들 타이밍을 잡지 못한 창우 눈에 옴팍 파인 겨드랑이가 들어찼다. 창우는 얼른 눈길을 돌렸다.

돌아가야 한다고 마음먹자 오히려 느긋해졌다. 창우는 천천히 밥을 먹고 한참 동안 떠들었다. 이상한 방향으로 꼬이긴 했지만 대화도 부담 없었다. 사비나도 마찬가지였는지 이야기를 술술 풀었다. 3년 동안 사귀고 결혼까지 약속한 남자가 두어 달 전에 돌연히 연락을 끊었다고 했다. 순천만과 땅끝마을은 그 남자와 오늘 날짜에 맞춰 잡아놓은 휴가 계획이었다. 내 상황이면 고통스러우나 남 애기일 때는 평범한, 그렇고 그런 사연이었다. 여전히 그를 사랑하는 사비나는 혹시라도 만날 수 있을까 싶어 길을 떠난 것이다. 그 남자가 길모퉁이에서 불쑥 나타나 여태까지 장난친 거라고 말해주길 바랄까. 사람은 언제나 자기에게 유리한 쪽으로만 생각하게 되니까.

창우는 엉덩이를 털며 일어났다. 계속 듣고 있다가는 그 선생이라는 작자가 양다리를 걸쳤거나 더 좋은 조건의 여자를 만난 게 아니냐고, 상처 주는 말을 할 것만 같았다. 그건, 아무리 잠깐이라도, 여행을 함께하는 사람에 대한 도리가 아니다 싶었다.

사비나가 화장실에 간 사이, 창우는 재희에게 집으로 돌아가자고 말했다. 그런데 재희의 생각은 달랐다.

"저 상태로 차 끌고 나올 때는 혼자라도 갈 사람이야. 우리가 끼어든 것뿐이지. 저 여자 지금 제정신 아니야. 못 들었어? 수면제 없이는 잠도 못 잔다잖아."

"같이 가다가 무슨 일이라도 생기면?"

"무슨 일?"

재희가 정색하고 묻는 바람에 창우 얼굴이 붉어졌다. 소심한 마음을 들킨 것 같아 우물쭈물 말을 찾지 못했다.

"교통사고? 한순간에 어처구니없이 죽는 놈도 있는데 다치는 게 대수야? 인터넷에서 만나 동반 자살하다! 이런 기사의 주인공이 되어도 상관없을 거 같고. 그러니 나는 갈란다, 너야 따라오든 말든."

창우는 꽁지 내린 닭처럼 재희 뒤를 따라 걸었다. 예상대로 되는 게 없었다. 잠시 뒤를 예측할 수도, 무슨 마음을 먹을 수도 없었다. 차에 탄 재희는 한술 더 떴다. 뒷좌석 가운데에 딱 버티고 앉더니 사비나의 뒤통수에 얼굴을 바짝 들이대며 말했다.

"이 차, 보험은 들어 있겠지. 당신이 무슨 맘을 먹고 있는지 잘 알아. 사실은 나도 바라는 게 그거거든. 사는 게 너무 시시해서 말이야. 그러니 당신 쪼대로 달려보라고."

사비나가 꼼짝하지 않자 재희는 다시 비슷한 얘기를 늘어놓았다. 창우는 참을 수 없었다.

"재희야. 어떻게 말을……"

"뮤다, 괜찮아. 친구로 가는 건데 반말이면 어때? 너도 편할 대로 해."

사비나가 창우 말을 막았다. 둘 다 이상해진 게 틀림없었다. 재희의 말은 열여덟 고딩 언어가 아니었고, 사비나 역시 20대 직장인답지 않은 말을 하고 있었다.

재희가 창우 가방을 열어 껌과 과자를 꺼냈다. 앞으로 넘기는 걸 받으려다 사비나의 허벅지에 눈이 갔다. 검은색 반바지가 올라가 뽀얗다 못해 투명해 보이는 살이 그대로 드러났다. 귓불과 얼굴이 화악 달아올랐다. 창우는 제 발 저린 도둑처럼 오그라드는 간을 느끼며 사비나의 표정을 살폈다. 그녀는 미동 없이 앞만 보고 있었다. 얼굴이 바짝 굳고 눈 끝에서 독기가 슬쩍 비치는가 싶더니 이내 풀렸다. 그러자 밝고 산만해 보였던 첫인상이 나타났다. 어느 게 진짜 얼굴인지 알 수 없었다. 그때 다시 재희의 말이 넘어왔다.

"어쭈, 술도 꼬불쳐 왔네. 슈퍼마켓 아들 아니랄까 봐. 창우야, 음악도 좀 넣어봐라…… 자, 출발!"

덜컥, 차가 급정거했다. 반사적으로 눈을 뜬 창우는 어리둥절했다. 자기도 모르게 잠들었던 모양이다. 창우는 과자 봉지로 바지 앞섶부터 가려야 했다. 고개를 흔들며 밖으로 눈을 돌렸다. 그 사이 가로수 길은 온데간데없고 고속도로가 뻗어 있었다. 옆 차선 차가 신경질적으로 경적을 울리고 뒤따르던 차가 상향등을 비추었다. 이런 상황에서 잠들었다니, 게다가 그런 꿈이라니…… 황당하고 민망했다. 이마에 땀이 송송 맺혔다. 과자 봉지 아래에서는 앞섶이 조금씩 내려앉고 있었다. 마른세수 끝에 한숨이 따라붙었다.

섬진강 휴게소로 들어서자마자 서둘러 차에서 내렸다. 여전히 몸이 뜨거웠다. 샤워라도 하고 싶었지만 우선 홧홧한 손바닥이라도 찬물에 담가야 했다.

화장실에서 한참 만에 나왔는데 사비나가 보이지 않았다. 벤치에 앉아 있던 재희가 옆자리를 턱으로 가리키며 말했다.

"저 여자 꿈꿨어?"

"뭐, 무슨 말이야?"

"버벅대긴. 야 인마, 다 봤다. 장난 아니던데? 할 수 없이 내가 과자 봉지를 던진 거야."

"사, 사비나 아니었어."

"뭐 어때, 저 여자랑 사귈래? 자리 비켜줄까?"

"야, 너 정말?"

"오호, 이제 보니 너 경험 없구나. 그렇지? 얼굴 벌게지는 거 봐라. 이런 순둥이를……"

"그만해. 사람 갖고 노니 기분 좋아?"

너무 정색했던 것 같다. 말도 급하고 거칠었다. 잠시 뒤 창우는 재희의 눈길을 피하며 다시 말했다.

"미안해. 무안해서 그랬나 봐. 그런 꿈을 꾼 내가 황당하기도 하고."

"자식, 그게 뭐 부끄러운 일이야? 기회가 늘 오는 게 아니라는 걸 말하고 싶을 뿐이야. 씨바, 아껴봤자 죽고 나면 그만이란 말이다. 윤호 그놈 봐라. 연애는커녕 소개팅 한번 못 해보고 꼴까닥 가버렸잖아."

윤호라는 이름이 튀어나오자 창우는 아무 말도 할 수 없었다.

예고 없이 친구를 빼앗긴 일 아니던가. 죽음 뒤에 남겨진 사람의 아픔을 창우는 가늠할 수 없었다.

　섬진강 휴게소를 빠져나오면서 분위기가 한결 나아졌다. 사비나가 스쳐 가는 나무 이름을 말해줬다. 자잘한 꽃들이 모여 하나로 덩어리진 배롱나무라는 게 가장 많았다. 흰색에서 분홍을 거쳐 보라색까지 갖가지 색이 화려한데, 수피는 껍질을 벗긴 것처럼 매끈했다. 낮게 줄지어 핀 건 꽃이 아니라 잎이라는 것도 말해주었다. 밤이면 환하게 보인다고 해서 형광초라 불린다고도.
　이제야 사비나가 식물 사진 블로그 주인답게 보였다. 창우는 말이 끝날 때마다 고개를 끄덕였다. 그런데 이야기 사이로 꿈속 장면이 자꾸만 끼어들었다. 배롱나무의 매끈함은 꿈에서 만졌던 허벅지의 촉감으로 연결되고, 형광초의 밝은색은 살결처럼 느껴졌다. 곤혹스러움과 달콤함이 이렇게 가까이에 있는 감정인 줄 몰랐다. 창우는 그러지 말아야지 하면서도 사비나를 흘긋거렸다. 죄책감이 들면서도 헤벌쭉이 웃음이 나왔다.
　그런 방심이 문제였을까? 순천 요금소를 앞두고 사비나가 핸들을 급하게 틀었다. 옆 차선 차를 보지 못한 모양이었다. 창우와 재희는 문짝 쪽으로 완전히 쏠렸다가 차가 움직이는 대로 지그재그 흔들렸다. 차가 방음벽으로 돌진했다.
　다행히 아무도 다치지 않았다. 차량 충돌도 없었다. 비명과 요동으로 뒤범벅되었던 소동에 비하면 차도 괜찮은 편이었다. 등

하나가 깨지고 범퍼 아래가 찌그러진 채 화단 턱을 넘었다. 문제는 사비나였다. 초점 없는 시선에 얼빠진 얼굴로 쪼그려 앉더니 오금을 펼 수 없다고 했다.

사비나가 보험회사에 전화해달라고 말했다. 아, 그렇지. 창우는 얼른 조수석 앞 콘솔 박스를 열었다. 보험증권을 꺼낸 다음 1588로 시작되는 번호를 누르는데 눈앞에서 차가 움직였다. 심한 엔진 소리와 함께 화단 턱에 걸렸던 앞바퀴가 길바닥으로 내려앉더니 후진과 전진을 거쳐 반듯하게 섰다. 어리둥절해 있는 창우를 향해 재희가 운전석에서 고개를 뺐다.

"일단 타봐라. 에어컨이라도 쐬고 있어야지. 쪄 죽겠다."

창우를 따라 사비나도 일어났다. 그녀는 벌게진 허벅지와 팔을 쳐다보며 뒷좌석 문을 열었다.

차 안은 한결 나았다. 에어컨이 이렇게 좋은 것인 줄 몰랐다. 세 사람은 한참 동안 말없이 찬바람을 즐겼다. 땀이 오그라들고 몸이 마르자 마음도 여유로워졌다. 창우는 뜨뜻미지근한 미네랄워터를 사비나에게 건넨 뒤 휴대전화를 다시 들었다.

"하지 마."

재희가 말했다.

"왜, 보험회사 직원이 나와준다잖아."

"그럴 것 없어. 내가 할게."

"뭐?"

"면허증 있어."

"야, 말이 되는 소리를 해라. 오토바이 면허증으로 무슨 운전을 하냐?"

"차도 몰아봤어. 너 같은 범생이가 들으면 기절초풍하겠지만."

"네가 운전을?"

"겉멋 들어 생쇼한 것이긴 하지만……"

"뭐라고? 재희 너 죽으려고 환장했었구나……"

무심결에 터져 나온 말이었다. 창우는 아차, 하는 심정으로 급히 입을 닫았다. 재희를 흘깃거리는 동안 어정쩡한 침묵이 흘렀다.

"걱정하지 마. 이제 그런 짓 안 한다. 한밤중에 아버지 차 끌고 나올 놈도 없고…… 윤호 그 자식 보내고 난 뒤 오토바이도 안 탄다…… 무서워서."

사비나가 몸을 앞으로 당겼고 재희가 말을 이었다.

"순천 요금소가 바로 앞이랬지? 그쪽으로 빠지자. 진정되면 운전대 넘길게. 일몰에 맞춰 볼 게 있다며. 여기까지 와서 포기할래? 뭐, 이미 찌그러진 차잖아."

술술 말을 푸는 재희가 다시 보였다. 센스 있는 말을 곧잘 하던 1학년 때 모습으로 돌아간 것 같았다. 창우 옆에 민준이 있었다면 재희 옆에는 윤호가 있었다. ○○공고 짱이라는 그 애를 창우는 잘 알지 못한다. 불알친구라는 둘 사이에는 창우가 범접하지 못한 자기장이 형성되어 있었다. 민준과 자신 사이가 그러하다고 믿었던 것처럼.

"난 싫어. 경찰에 잡히면 어떡해? 무면허에 미성년자. 당장 방송 탈 일……"

"좀생이 같은 소리만 골라서 한다. 괜찮아. 잡혀도 내가 잡힌
다. 어이, 사비나 씨. 당신 생각은 어때?"

"난 좋아. 가자구."

사비나는 망설임 없이 말했다. 재희는 물론 어른인 사비나마저
정상이 아니었다.

수동 제동장치를 올린 재희가 기어까지 옮겼다. 터덕거리며 차
가 출발했다. 창우는 손잡이를 잡았다. 발에도 힘이 갔다. 겁이 나
는데 한편에서는 자포자기하는 심정이었다. 재희가 새롭게 보이
기도 했다. 교실 안팎의 차이인지, 윤호의 죽음 때문인지 모르겠
다. 이런저런 생각들이 가지 치는 사이, 차는 순천 요금소를 빠져
나갔다.

주차장 바로 앞이 선착장이었다. 순천만은 2년 전과 많이 달라
져 있었다. 아치형 나무다리와 산책로가 만들어졌고, 굽은 물길
을 따라 탐사선이 다니고 있었다. 갈대숲도 넓어졌다. 창우는 이
쪽저쪽 멀리까지 바라보았다. 함께 놀았던 갯벌은 찾을 수 없었
다. 어느새 다시 민준 생각에 빠진 것이다. 민준은 투명 인간으로
창우와 동행하고 있다! 이런 생각과 행동이 싫은지 좋은지 모르
겠다. 마음이 뒤죽박죽이었다.

산책로 멀리까지 사람들이 점점이 흩어져 있고, 어느 가족은
탐사선으로 오르고 있었다. 그늘에서 잠시 쉬었던 창우와 재희는

사비나를 따라 나무다리 쪽으로 걸음을 옮겼다. 여전히 볕이 강했지만 싫은 내색은 하지 않았다. 사비나는 지나치는 사람들을 망연히 바라보거나 걸음을 멈춘 채 목걸이를 만지작거렸다. 사비나 역시 어떤 투명 인간과 함께 길을 걷는 것이다. 그러고 보면 오늘의 일행은 셋이 아니라 다섯, 아니 그 이상이다. 기이한 여행이다.

산책로 끝은 나무 계단을 통해 작은 산으로 이어져 있고, 표지판엔 '용산 전망대'라고 적혀 있었다. 카메라와 삼각대를 들고 큰 가방을 멘 남자들이 두세 계단씩 급하게 올랐다.

"S 자 물길 찍는 포인트가 따로 있다더니 여긴가 봐."

차에서 내리고 사비나가 처음으로 입을 뗐다.

"가봅시다, 까짓 거."

이번에는 재희가 앞장섰다. 골과 골 사이 나무 계단은 경사가 급하고 길었다. 땀이 얼굴에서 목으로, 등골을 타며 흘렀다. 재희의 등도 젖어 있었다. 오르내리기를 서너 번 반복했는데도 전망대는 나타나지 않았다. 오른쪽 경치가 조금씩 낮아지고 넓어진다는 게 그나마 위안이 되었다. 건너편 산봉우리 사이에 해가 걸려 있었다.

아, 짧은 탄성이 터졌다. 시시각각 모양을 달리하며 산 너머로 떨어지는 해가 그곳에 있었다. 꼼짝할 수 없었다. 둥그런 해가 완전히 모습을 감추는 데 10초 정도밖에 걸리지 않았다. 뭔가에 잠시 홀린 것만 같았다. 아름답고 장엄했다. 콧등이 시큰하기도 했다. 창우는 다급한 목소리로 사비나와 재희를 불렀다. 그들도 이미 굳은 몸으로 같은 곳을 보고 있었다.

전망대에 도착했을 때 서쪽 하늘은 주황을 넘어 짙은 보라색으로 물들고 있었다. 카메라맨들은 삼각대를 철거 중이었다. 전망대 오른편으로 지나온 갈대밭과 나무다리가 보였고 왼편은 바다와 맞닿아 있었다. 바다에 접해 펼쳐진 갯벌에는 붉은빛이 도는 무언가가 커다란 꽃처럼 모여 있었다. 칠면초야, 소금 맛이 나지. 사비나의 말에 물기가 배어 있었다.

풍경의 압권은 일몰 무렵에만 보인다는 S 자 물길이었다. 바다에서 시작해 갈대숲으로 길게 이어지는 그 물길 위로 탐사선이 지나고 있었다. 배가 떠나고 일렁이는 잔상마저 고요해지자, 물길은 반질반질한 거울 같기도 단단한 얼음 같기도 했다. 눈을 뗄 수 없었다.

언제 다가왔는지 재희가 말했다.

"경치 조오타. 너도 푹 빠졌구나. 무슨 생각하냐?"

"재희야……"

"뭐야? 불렀으면 말을 해야지."

"시간, 지금 막 시간이 생각나. 큰 돌덩이가 모래가 되고 다시 진흙이 되는 세월, 저 갯벌이 만들어지는 길고 긴 시간."

"시간만 가면 다 저렇게 가라앉을 수 있는 거냐."

"그렇겠지? 결국에는 다 부서지고 쌓이겠지. 저 갯벌처럼 다른 생명을 품을 수 있을지는 모르겠지만……"

노을을 받아 서서히 짙어지는 갯벌이 창우의 말을 삼켰다. 재희도 말이 없었다. 갯벌을 바라보고 있는 얼굴이 낙조를 받아 붉게 물들 뿐이었다.

무거운 장비를 챙긴 사람들이 창우네가 왔던 길이 아닌 왼편 길을 따라 내려갔다. 올라오는 길이 두 군데였나 보다. 그쪽으로 가면 주차장에 빨리 닿는다고 했다. 창우는 고개를 쑥 빼고 산에 가려진 그쪽을 바라보았다. 갯벌로 짐작되는 삼각형 펄 앞으로 홀로 덩그렇게 선 건물이 보였다. 갑자기 가슴이 벌렁거렸다. 재작년에 민준과 놀았던 곳이다. 저기서 게와 짱뚱어를 얼마나 잡았는지 모른다. 옷이 더러워지자 아예 갯벌에 뒹굴었다. 창우는 민준을 찾기라도 하듯 눈으로 더듬었다.

민준은 어디서 짧은 방학을 보내고 있을까? 같은 교실에 있어도 말이 끊겼고 어색한 미소만 남았다. 그럴 때마다 마음 위로 싸한 물결이 지나갔다. 창우는 민준이 제 뜻대로 지내길 원하면서도 자신만큼 괴로워하길 바랐다. 민준을 볼 때마다 두 마음이 시소를 탔다.

갯벌을 바라보던 창우는 고개를 저었다. 아무리 봐도 민준이 있을 리 없다. 뜨거운 우정의 시대는 지났다는 걸 인정해야 했다. 이제는 잘게 부서지는 시간이 필요할 뿐이다. 저런 갯벌이 만들어질 때까지 창우도 시간 속으로 자신을 던져야 한다. 사레가 걸린 것처럼 목이 따가웠다. 얼굴이 붉어지고 눈시울마저 뜨거워졌다. 그

사이 어둠이 조금씩 가라앉았기에 망정이지 부끄러울 뻔했다.

바로 그때 사비나의 새된 목소리가 들렸다.

"어? 이, 이를 어째."

"왜, 왜요?"

"목걸이, 내…… 목걸이가 없어졌어."

사진을 찍던 사람들은 거의 떴고, 껴안은 채 경치를 보던 연인들도 내려가는 참이었다. 바닥을 둘레둘레 살피는 사비나처럼 창우와 재희도 고개를 숙이고 주변을 훑었다. 어둠이 깔려 손으로 땅바닥을 더듬어야 했다. 하지만 풀잎만 잡힐 뿐 목걸이는 손에 걸려들지 않았다. 여기가 아니라면 지나왔던 등산로를 모두 살펴야 할 판이다.

이제 어둠이 더욱 짙어져 사비나와 재희의 형체만 보였다. 창우는 휴대전화 불빛을 바닥에 비춰가며 앉은 채로 걸음을 옮겼다. 발이 저렸지만 멈출 수가 없었다.

몇 걸음 너머에 있던 사비나가 주저앉았다. 그게 무슨 신호라도 되는 양 창우와 재희는 몸을 펴고 사비나 가까이 갔다.

"그만 찾자…… 포기, 포기할래."

사비나가 말했다. 내려다보이는 얼굴이 번들거렸다. 울었나 보았다. 창우와 재희는 약속이라도 한 듯 그 옆에 털버덕 주저앉았다.

이제 주위에는 아무도 없다. 갯벌 쪽에서 시원한 바람이 한 줄기 불었다. 재희가 휘파람을 부는가 싶더니 이내 그만두었다. 배낭에서 물을 꺼내던 창우는 소주를 떠올렸다. 가져오길 잘했다는 생각이 들었다. 뚜껑을 비틀어 딴 다음 병째 입에 댔다. 한 모금일 뿐인데도 빈속을 훑어내렸다.

창우가 미지근한 소주를 건네자 사비나는 기다렸다는 듯이 꿀꺽꿀꺽 마셨다. 술깨나 해본 솜씨인지 입가를 쓱 훔치는 것까지 자연스러웠다. 그녀는 메두사의 지팡이라도 되는 것처럼 소주병을 치켜들며 선언하듯 말했다.

"이제 끝. 「프라하의 봄」알지? 내가 바로 그 사비나야. 사랑 따위에 연연하지 않는단 말이야. 알겠어? 나쁜 자식. 못된 놈."

"허, 그런 욕이라면 나도 보태줄 수 있지. 그놈 진짜 더러운 새끼야. 이봐, 선생이란 놈들이 그래. 치사하고 쫀쫀하고, 한마디로 정이 안 가."

"그렇지? 잘 끝낸 거지?"

사비나와 재희는 죽이 잘 맞았다. 한참 동안 욕을 주고받더니 낄낄대며 웃기까지 했다. 창우는 같이 웃을 수 없었다. 사비나는 결코 영화 속 사비나가 될 수 없다는 생각에 우울할 뿐이었다. 걸쭉한 욕을 한마디 더 내놓으며 재희가 사비나 손에 든 소주병을 잡았다.

"뭐야? 한 모금도 안 되잖아. 입만 버렸네. 창우야, 더 꺼내라."

재희가 병을 흔들며 말했다.

"없어. 그게 다야."

"뭐? 이런 의리 없는 인간들 같으니라고."

재희가 벌떡 일어나 창우를 공격할 태세를 보였다. 장난기가 발동한 모양이다. 창우는 달려드는 재희를 피해 일어났고 그에 질세라 재희는 잽을 날리며 쫓아왔다. 둘은 사비나의 울음소리 따위는 전혀 들리지 않는 것처럼 검은 산을 이리 뛰고 저리 굴렀다.

손톱 같은 달이 주위를 밝혔다. 눈이 어둠에 익숙해진 것인지도 몰랐다.

"괜찮아? 교대할까?"

창우는 재희 등에 업힌 사비나를 흘깃거리며 말했다.

"견딜 만하다. 세상 고민 혼자 다 짊어진 것 같더니 가볍네."

자꾸만 밑으로 처지는 사비나를 고쳐 업으며 재희가 말했다. 보기와는 달리 사비나는 술을 못했다. 울음을 그쳤다 싶어 내려가자 했더니 그길로 주저앉아버렸다. 다리가 풀려 도무지 움직일 수가 없다며 비실비실 웃기만 했다. 물을 먹이고 말을 시켜봐도 소용없었다.

"재희야, 참 하루가 길다. 미안해. 괜히 널 끌어내서."

"아니다…… 고맙다."

말이 끊긴 자리에 다시 매미가 시끄럽게 울어댔다.

"내가 달려갔을 때 오토바이는 보이지 않고…… 가로수를 받치던 쇠몽둥이가 윤호 머리를 관통해 있더라…… 빼면 바로 죽는다니까…… 그 상태로 얘기하고, 웃고, 울고, 자다가…… 할 수 없이 화장도 그대로 했어…… 그 모습이 눈앞에서 지워지지 않는데 나는 밥 먹고 똥 싸고 다 했다. 윤호가 나쁜 놈인지 내가 지랄

같은지 모르겠다."

"재희야."

다급하게 이름을 부르긴 했지만 창우는 어떤 말도 할 수 없었다. 그만 털어버리라든지, 네 잘못이 아니라든지 같은 말을 하고 싶은데 모든 게 낯간지럽게 느껴졌다. 결국, 말은 재희 입에서 나왔다.

"그나저나 어디 잠자리가 있을라나. 너하고 엮어주려 했더니만 취해서 어떡하냐? 에고, 미친년."

"머라고오? 내가 미이쳤다아아고?"

정신을 잃은 게 아니었는지 사비나가 끼어들었다.

"그래, 미쳤다. 당신도 미쳤고 나도 미쳤다. 확 미쳤어."

"나도 끼워주라."

창우가 소리쳤다. 불현듯 튀어나온 말이었지만 뱉고 나니 마음이 상쾌해졌다.

"그래, 창우 이 새끼도 미쳤다."

"그으래, 창우우 이 새애끼도오 미이치이있다아."

재희의 말을 따라 사비나가 외쳤다. 방금 내려온 산이나 갯벌에 가닿을 것만 같았다.

창우는 메아리를 들으며 사비나와 재희, 창우 자신을 미치게 한 투명 인간들을 생각했다. 이곳 순천만에서 헤야 할 일이 무엇인지도 깨달았다.

나무 계단을 다 내려와서야 재희는 사비나를 창우에게 업히고 배낭을 가져갔다. 눈앞에 갈대숲이 펼쳐져 있었다. 발을 디딜 수 없는 어둡고 거대한 황무지처럼 보였다. 하지만 들어온 길이 있으면 나가는 길도 있을 터, 창우는 산책로로 접어드는 재희의 뒤를 따랐다.

흰 물새가 날고 갈대가 서걱거렸다. 창우는 끄응, 힘을 주며 사비나를 추슬렀다. 그녀의 몸이 등에 딱 붙었는데도 야살스러운 생각이 나지 않았다. 이대로 땅끝까지 간대도 괜찮을 것 같았다. 왜 이렇게 변했는지 이상했지만, 나쁘지 않았다.

들어는 봤어도
─ 민준 4

올해 초 전교생 신발장이 양쪽 현관 입구에 만들어졌다. 아침마다 실내화를 바닥으로 떨어뜨리거나 신발장 문을 세게 닫는 소리가 시끄러웠지만, 학생들은 포개놓은 상자 같은 신발장을 반겼다. 우선 사람 대접받는 느낌이 들었다. 신발장이 교실 복도에 있을 때는 신발을 벗어 들고 올라가야 했기에 양말이 더러워지고 겨울엔 발이 시렸다. 비 오는 날도 예외 없었다. 운동화를 신은 채로 올라가다가 들켰다 하면, 꾸중은 물론 벌점도 받아야 했다.

신발장 열쇠를 돌리고 돌아서던 민준은 어어, 하면서 발에 힘을 주었다. 민준의 어깨를 가격한 가방 주인도 놀라 제자리에 섰다. 아, 미 미안해. 상대가 당황한 기색으로 말했다. 통로가 좁다 보니 흔히 있을 수 있는 일이다. 민준은 손으로 괜찮다는 뜻을 표시한 다음 돌아섰다. 알 듯 말 듯 한 애였는데 표정이 어두웠다.

교실 앞문을 열려던 손을 거둬들이고 다시 걸었다. 그동안 앞

자리에만 앉아왔던 게 습관이 되어버렸다. 민준은 뒷문으로 들어가 자리에 앉았다. 3학년 1학기 기말고사를 앞둔 이 중요한 때에 맨 뒷자리가 뭐란 말인가.

확실히 담임이 별스럽다. 다른 반처럼 자유롭게 앉으면 앞쪽은 공부하는 애들, 뒤쪽은 노는 애들 자리로 고정되어 수업받기 훨씬 좋을 텐데 담임은 매달 무조건 자리를 돌렸다. 자리뿐인가. 청소나 주번도 예외 없었다. 민준은 이번 주에 쓰레기통을 씻었고 교실과 복도 바닥에 붙은 껌을 뗐으며 신발장 먼지까지 털었다. 재희도 주번인데 유독 혼자만 시킨다고 생각하지 않을 수 없었다. 담임은 학교를 빛낼 인물이니 불편한 거 다 말하라는 교장이나 학년부장과는 한참 달랐다.

능력이라니 (개뿔) 노력이라니 (개뿔)
벽 속의 벽돌일 뿐 (개뿔)
기만하지 마 차라리 안 된다고 해
죽었다 깨어나도 너는 안 된다고 해

또 시작이다. 1학년 때 같은 반이었으나 짝은 처음인 재희가 낮게 내뱉는 노래. 도대체 하루에 몇 번이나 저 소리를 들어야 하는지 모르겠다. 재희는 재미있을지 몰라도 민준은 신경이 곤두서고 기분이 나빴다. 그만하라고 하면, 어? 내가 노래를 불렀냐고 되물으니 어이가 없을 뿐이다.

조회가 끝나자 민준은 칠판에 적힌 시간표를 쳐다보았다. 1교시가 '진로' 수업이니 부담이 덜하다. 그 시간에 며칠 끌어온 통계 파트를 마무리 지어야 한다. 날마다 공부만 하는데 왜 갈수록 할 게 많아지는지 모르겠다. 1, 2학년 때와 달리 여러 과목에서 두루 좋은 등수를 유지하는 게 쉽지 않았다. 늘 잠이 부족한데도 새벽에 느닷없이 깨는 날이 많았다. 그런 날은 편두통이 찾아와 약을 먹어야만 했다.

노래를 읊조리던 재희는 방석을 책상 위에 올렸다. 취침 준비 완료! 재희는 수업 시간 대부분을 엎드려 잤고 깨어 있을 때는 도서관 마크가 찍힌 책을 읽었다. 건드리는 선생도 없었다. 방과후 수업과 야간자습을 하지 않고 지각, 조퇴는 물론 결석할 때도 있었다. 1학년 때는 3, 4등급 정도 했는데 지금은 공부에서 손 뗐다. 고딩 생활 목표를 졸업장으로 바꾸고 컨베이어벨트에서 내려버린 것이다. 그래도 툭툭 내뱉는 말이 의미심장할 때가 많고 외모나 옷 입는 스타일에 은근한 포스가 있었다.

민준은 뒷자리에 앉은 이후로 재희 같은 애들이 많다는 것을 알게 되었다. 수업 시간엔 자고 쉬는 시간에 스르르 일어나는 그들은 좀비 같았다. 대학이나 자신의 미래는 안중에 없는 좀비, 생각이라고는 없어 보이는 좀비 말이다. 그런데 지내다 보니 꼭 그런 것만은 아니었다. 재희가 노래를 부를 때처럼, 그들끼리 나누는 이야기와 몸짓엔 민준의 살갗에도 와닿는 바람이 느껴졌다. 낯설지만 은근한 끌림이 있었다. 민준은 팔을 내리쓸면서 그 바람이 만들어졌을 학교 밖 시간을 생각해보곤 했다. 그럴 때면 아예 학교 밖에서 지내고 있는 성택이 떠오르기도 했다.

6교시 '화법과 작문' 시간, 중간고사 때 쳤던 서술형 평가 점수가 공개됐다. 두 달 전에 친 시험인데 이제야 채점이 끝난 모양이다. 기말고사 이후에 전체 성적을 산출하면 되니까 다른 과목들 상황도 비슷했다. 민준은 사물함에 챙겨둔 시험지를 꺼냈다. 앞자리에 앉은 정호가 답을 어떻게 썼는지 기억나지 않는다며 시험지를 빌려갔다가 돌려주었다.

민준의 점수는 95점, 예상보다 5점이 높았다. 고쳐쓰기 문제를 명백하게 틀렸으니, 문학 문제에서 유사 정답으로 인정받은 모양이다. 다행이다. 지필고사가 반 3등이어서 걱정이 컸다. 이제 기말고사를 잘 친다면 가까스로나마 1등급을 받을 수 있을 것이다. 수업 내용을 하나도 놓치지 않는데 이상하게 1학년 때부터 국어가 계속 발목을 잡았다.

확인하고 싶은 학생은 나오라고 하자 10여 명이 우르르 나갔다. 차례대로 수긍하며 들어오는데 정호는 말이 길었다. 민준이 앉은 뒷자리까지 들리지는 않았으나 언쟁이 벌어진 모양이었다. 무리무리 떠들던 애들이 말을 멈추고 앞을 바라보았다. 선생과 얘기하던 정호가 다다닥 뛰어 민준의 시험지를 가져가더니 교탁 위에 펼쳐놓았다. 그 바람에 선생이 한 걸음 물러섰다. 선생은 답지 두 장을 앞뒤로 번갈아 가며 골똘히 보았다. 민준과 정호의

답지였다. 잠시 뒤 선생은 정호 점수를 수정했다. 짧은 시간 동안 일어난 일이지만 교실 전체에 이상한 정적이 흘렀고 민준의 기분도 묘했다.

청소 시간이다. 민준은 재희와 함께 교실 밖으로 나갔다. 이제 분리수거만 하면 주번 활동도 끝이다. 민준은 상자를 든 왼손에 힘을 주었다. 하루 만에 모인 종이가 왜 이렇게 많은지 둘이 들어도 무거웠다. 분리수거장까지 다녀오자면 청소 시간을 넘길 판이다.

"화작 때 왜 그냥 있었어? 정호 그 자식, 자기 점수 네가 빼앗아간 듯이 설쳐대던데."

재희가 오른손을 추어 들며 말했다. 민준은 눈을 동그랗게 떴다. 느닷없이 편드는 말을 하다니, 자는 줄 알았는데 다 보고 있었던 모양이다. 그래서였을까, 민준도 솔직해졌다.

"다른 애들이 더 무섭더라. 갑자기 정의의 사도가 되어서는…… 설마 화작 선생이 내 답지라고 맞다 했을까. 착오가 있었거나 순간적으로 헷갈렸겠지."

걸음이 잠시 멈칫거렸다. 짐을 함께 들었으니 민준 걸음도 박자가 엇갈렸다.

재희가 민준 쪽으로 흘깃 웃어 보이며 말했다.

"호호, 모르냐? 애들은 네가 잘못되기를 바라거든. 성적이 떨어지거나 욕을 먹거나 아프거나……"

"왜? 내가 뭘 잘못했다고?"

"음, 걔들에게는 너 자체가 잘못이야…… 사실은 질투지. 네가 넘사벽이라…… 오호!"

말하다 말고 재희가 갑자기 호들갑스러워졌다. 목소리가 커지고 앞서 오는 애를 향해 손을 높였다. 상대는 어색하게 웃으며 재희와 손을 맞댔다. 민준 쪽을 바라보기도 해서 설핏 웃었다. 요 며칠 자주 보는 애였다. 화장실, 복도, 급식실…… 그러고 보니 신발장 앞에서 부딪혔던 놈도 저 녀석이다.

"어허, 스마일보이가 왜 이러셔. 인마, 힘내."

재희가 창우랑 함 보자는 말과 함께 녀석의 손을 풀었다. 녀석은 민준에게도 엉거주춤, 손을 올렸다가 내렸다. 민준은 방금 전에 들은 이름에 놀라 녀석의 인사에 답하지 못했다.

창우…… 모래알이 된 그 이름에 입안이 까끌까끌해졌다. 창우와 잘 지내는 재희가 잠시 부럽기도 했다. 그래서였을까, 자신도 모르게 말이 튀어나왔다.

"창우는 잘 있어?"

재희의 오른손이 움찔거렸다. 그 바람에 민준도 왼손을 추어들며 나눠 든 짐의 균형을 다시 맞추었다.

"공부 귀신에 씌었는지 완전 열공 모드야."

"아, 그렇구나…… 어느 쪽으로 가려고?"

"몰라, 내 알 바 아니고. 잠시 못 본다고 친구가 멀리 달아나는 건 아니니까. 안 그래? 그놈이 공 차자고 하면 그제야 잠시 본다."

그래 놓고 재희는 마주 다가오는 애와 손바닥을 부딪쳤다. 매일 자면서도 친구가 많아 보이는 재희가 다시 노래를 불렀다.

> 능력이라니 (개뿔) 노력이라니 (개뿔)
>
> 벽 속의 벽돌일 뿐
>
> 기만하지 마 차라리 고맙다고 해
>
> 죽었다 깨어나도 나는 들러리니까

"야, 최민준. 오마주가 뭔 뜻이야?"

재희가 갑자기 물었다.

"오마주? 그건 왜?"

"이 노래 부제가 핑크플로이드 오마주라잖아. 벽 속의 벽돌이 뭔 말이야?"

"글쎄……"

"전교 1등이 그것도 모르냐? 공부 좀 해라."

재희는 장난으로 한 말이겠지만 얼굴이 화끈거렸다. 자존심이 상하기도 해서 민준은 화제를 바꾸었다.

"아, 그렇군. 아까 걔 서준영이지? 교지편집장."

여러 번 스쳤는데도 인상이 달라져서 알아보지 못했다. 작년에 교지 원고를 건넬 때는 탱탱볼 같았는데, 오늘은 완전 바람 빠진 고무공이었다.

"너도 아는 거야? 얄개분식을?"

재희가 걸음까지 멈추고 큰 소리로 말하는 바람에 민준이 되레

놀랄 지경이었다.

"응, 알아. 교지 특집으로 실렸었잖아. 가게 역사가 거의 문화재급이던데."

"흐, 그거 창우가 썼어. 작년에 문과로 갈아타고 난 뒤 교지편집부로 픽업됐거든. 뭐, 적성 찾아 간 거지."

"그랬구나……"

민준은 그때 반을 옮기는 창우에게 왜 가는지 묻기는커녕 잘 가라는 인사도 못 했다. 지금 생각하면 이상하지만, 그때는 그리되고 말았다.

"야, 최민준. 뭔 생각? 너 말이야……"

재희의 말에 민준은 머리를 흔들었다.

"어, 왜?"

"너라도 나서서 좀 도와줘라. 영 말이 아냐."

"도와주라니? 내가 뭘……"

민준은 영문을 몰라 재희를 빤히 보았다.

"아, 아니다. 네가 안다는 바람에 앞서 나갔나 보다…… 나중에 얘기할게."

민준은 재희와 보폭을 맞추며 걸었다. 얄개분식 이야기를 들어서인지 며칠 전에 있었던 해프닝이 떠올랐다.

지난 일요일이었다. 어머니는 영주 이모를 맞이한다고 그 며칠 전부터 분주했다. 민준은 어머니를 통해 영주 이모가 드디어 임신했다는 것, 입덧이 아주 심하다는 것, 자랄 때 먹던 음식이 생각나서 고향에 내려온다는 걸 들었다. 어쩌겠니. 돌아가신 자기 엄마를 부를 수 없으니 나라도 해줘야지. 어머니는 툴툴거리면서도 때 아닌 생기를 뿜었다. 집 청소는 기본, 손님방을 다시 꾸미고 백화점에서 신선한 식자재를 사다 날랐다. 영주 이모의 남편인 최 서방이 해외 출장 중이라 아쉽다는 말도 몇 번이나 했다. 아버지가 인맥 관리를 벌써부터 하냐고 입을 비죽거리자, 어머니는 다 자식을 위해서라고 응수했다.

어머니는 식은 음식을 내놓을 수 없다며 아버지를 공항으로 보내고 영주 이모가 집에 닿을 시간을 계산해 요리를 마쳤다. 도착이 늦어지자 속상해하며 휴대전화를 눌러대던 어머니가 통화를 마치고 민준에게 말했다.

"나 원 참, 얄개분식에 갔단다. 여고 때 먹던 게 그리웠다며…… 기집애, 미리 말이나 하지. 희준이 나오라고 해. 우리나 실컷 먹자."

그런데 어머니는 저녁 요리도 성공하지 못했다. 영주 이모는 차려놓은 음식에 입도 못 대겠다며 미안해했다. 어머니는 입덧이 그런 거라며 아버지를 얄개분식으로 보냈다. 민준의 입맛에는 그저 그랬지만, 영주 이모와 어머니는 튀김과 떡볶이를 간장 대신 옛날이야기에 적셔가며 잘도 먹었다. 영주 이모는 산책하러 나가자며 어머니를 끌고 가더니 돌아오지 않았다. 수험생 있는 집에 민폐를 끼칠 수 없다면서 호텔로 갔다고 했다.

영주 이모의 방문은 어머니 계획과 맞아떨어진 게 없었지만,

어머니는 며칠 동안 영주 이모 얘기만 했다. 어제도 그랬다. 어머니 차 뒷좌석에서 통화 내용을 들었다. 아니, 블루투스로 연결되어 있어서 저절로 들렸다.

— 들어는 봤어도 진짜 그럴 줄이야. 애 낳으러 미국 가는 건 당연하게 생각하더라. 자식에게 국적 선택의 기회를 줘야 부모라면서. 흥, 애도 한국에서 안 키우겠대. 한국 교육 시스템이 엉망이라나 뭐라나. 공부 하나 잘해서 검사 되고, 검사 되니까 좋은 데 시집간 개가 그런 말을 하니 좀 웃겼어.

— 시집이 준재벌은 된다며? 뭐하러 이 땅에서 아옹다옹하겠어. 나라도 그러겠다.

— 결혼한 지 얼마 됐다고 사모님 행세하는 꼴이라니, 민준이 생각해서 성질 참고 비위 맞췄잖아.

— 참 너도 욕심 많다. 너네 집 정도면 9부 능선은 될 텐데.

— 9부 능선? 그러면 뭐 해? 다 거기서 거기야. 바닥에서 9부 능선까지 다 합쳐도 그들만의 리그를 따라잡지 못해.

— 무슨 소리, 내가 보면 너도 다른 세상이야. 나야말로 황새 따라가려다가 가랑이 찢어질 판이다. 그래, 애 학교에 비품 넣어주려면 어째야 한다고?

— 교장에게 뭐가 필요한지, 얼마나 드는지 물어보고 발전기금으로 넣으면 끝.

— 실명으로 해도 돼?

― 실명이든 익명이든 학교가 아는데 뭐가 걱정이야. 자식은 부모 정
  성대로 큰다는 것만 명심해. 될 만한 학생에게 몰아줘야 학교도
  발전하는 거야. 명문대에 많이 보내야 좋은 신입생을 받거든. 결
  국 걔들이 학교를 빛내고.
― 알았어, 고마워. 또 연락할게.

통화 도중 어머니는 자주 백미러를 통해 뒤를 살폈다. 민준은
계속 자는 척했다. 상대에 따라 내용은 물론 말투까지 달라지다
니, 알 바 아니라 여기면서도 참 신기했다.

*

재희는 7교시를 마치자마자 튀어 나갔다. 민준도 이맘때가 되
면 몸이 가라앉고 머리는 공중에 뜬 듯 멍해진다. 거기에 얹어지
는 방과후수업 두 시간은 고역일 수밖에 없어서 분위기가 현저히
나빠진다. 출결에 들어가지 않으니 빠지는 애들이 많고 자거나
딴짓하는 애들도 부지기수다. 그에 비해 들어오는 선생은 수업을
열심히 한다. 따로 수당을 받기 때문이라고 하는데, 그렇다면 월
급 받는 정규 수업은 자습해도 된다는 말인지 한마디로 웃기는
얘기다.
온종일 에어컨이 돌아가는 교실에 차갑고 비릿한 냄새가 난다.
공기 갇힌 냉장고 같다. 민준은 선생의 눈길을 피해 창을 조금 열

었다. 더위를 매달았어도 새로운 공기가 코끝을 간질였다. 재희가 걷고 있을 바깥공기, 성택이 만드는 바깥공기. 민준은 팬시리 팔을 쓸어내렸다.

분침과 초침이 일직선으로 놓이는 순간, 9교시 마치는 종이 쳤다. 급식실로 향하는 쓰나미가 각 반에서 쏟아졌다. 걸어가던 민준은 교무실로 방향을 바꿨다. 교문 밖으로 잠시라도 나가고 싶었다. 불현듯 든 생각은 이상한 열망이 되어 민준의 걸음을 재촉했다.

담임 자리는 뒷문이 빠르겠다고 생각했지만 이미 교무실 안으로 들어왔다. 휴대전화 찾는 애, 외출증으로 실랑이하는 선생과 학생, 꿇어앉은 애와 책 보는 선생…… 넓은 교무실은 언제나처럼 복잡하고 곳곳에서 적당히 소란스러웠다.

"아이고, 우리 민준이 왔구나. 왜? 담임 샘 만나러?"

대놓고 표현하는 호의와 관심, 속사포 교감이다.

그런데 민준은 잠시 전에 이미 다른 말, 교감이 화작 선생에게 하는 말을 듣고 말았다.

"화작 등급이 위험한 거 알죠? 지균은 0.001 싸움이라고. 어떤 1등급인가가 중요해요."

지균, 지역균형 전형. 지역 일반고에서 수시모집으로 ○○대에 갈 수 있는 가장 확실한 방법. ○○대 합격생 수는 곧 학교 명예와 연결되는 만큼 학년부장은 물론 교감, 교장까지 나서서 챙기는 것이다.

사실 ○○대 지균 싸움은 1학년 때부터 시작된다. 첫 시험 성적으로 후보군 몇몇이 정해지면 그 학생들의 내신과 생기부는 담임 손을 거쳐 학년부장, 진로 상담 교사의 검수를 받은 다음 관리자에게 보고된다. 더하고 덜한 차이는 있을지 몰라도, 거의 모든 학교에서 공공연하게 일어나는 일이다.

학교가 도와준다고 다 되지는 않는 일, 민준도 전방에서 노력을 다했다. 사공현 사건 이후 애들과는 조금의 시빗거리도 만들지 않았다. 거리를 유지하되 적당히 친절했고, 장난이나 패드립에 끼지 않았다. 내신 성적 관리는 물론 생기부 교과 세부 특기사항이나 자율활동, 행동특성 영역에 유리한 표현을 받기 위해 선생들이 바라는 대로 말하고 행동했다.

화살처럼 귀에 꽂힌다는 말이 무슨 뜻인지 민준은 순간적으로 알았다. 못 들은 척해야 한다는 것도 직감했다. 교감이 책상 위에 놓인 상자에서 젤리를 꺼내 주며 말했다.

"이제 막바지야. 지금처럼만 하면 원하는 대로 다 이룬다. 컨디션은 괜찮은 거지? 우리 최민준 파이팅!"

교감이 손까지 들어 올려서 민준도 어쩔 수 없이 손바닥을 부딪쳤다. 학생이나 선생이나 손바닥 파이팅이 무슨 유행인가 보았다.

담임 자리는 교무실 제일 안쪽이다. 담임은 비스듬히 앉은 채로 왼손에 든 인쇄물을 보고 있었다. 두어 걸음 떨어져 서 있던 민준은 더 기다릴 수 없어 가까이 다가갔다. 기척을 느꼈는지 담임이 고개를 들었다. 민준은 담임이 들고 있는 게 자신의 생기부라는 걸 알았다. 붉은 동그라미가 눈에 띄었다.

담임이 민준을 물끄러미 바라보았다. 민준은 저녁 시간에 잠시 나갔다 오고 싶다고 간신히 말했다. 대꾸가 없기에 할 수 없이 다시 입을 열려는 순간, 담임은 서랍에서 외출증을 꺼내 빈 칸을 채웠다. 물어보지도 않더니 사유는 문구점이라고 적었다.

민준이 외출증을 받아 들자마자 우렁우렁한 목소리가 들렸다. 교감이 바로 옆에 와 있었다.

"김 선생, 교장 선생님께서 다시 찾아요. 3부장도 있다 하니 내려갑시다. 어서 일어서요."

민준은 누구에게랄 것 없이 고개 숙여 인사하고 돌아섰다. 뒷문으로 향하는데 신경이 온통 뒤로 쏠렸다. 나가기 전에 뒤돌아보니 담임은 여전히 앉아 있고, 얼굴이 일그러진 교감은 몸을 담임 쪽으로 낮추고 있었다.

"들어는 봤어도, 진짜 이러시면 안 되죠."

"아, 참 빡빡하게…… 도장만 찍어주면 3부장이 알아서 한다잖아. 담임 다칠 일 없다니까. 학생을 위하고 학교를 위한 일이잖아……"

민준은 가슴이 두근거렸다. 아무래도 자신과 관련 있는 일인 것만 같았다.

*

　야간자습 2차시 출결 체크를 끝내고 민준은 조용히 교실을 빠져나왔다. 다행히 감독 선생은 보이지 않았다. 민준은 동편 현관을 나와 운동장 스탠드 끝으로 갔다. 교실 불빛에서 가장 먼 곳, 답답하고 미칠 것 같을 때 민준은 이곳에서 소리 나지 않게 맥주 캔을 땄다. 천천히 두 모금, 혹은 세 모금 마신 뒤 남는 건 버리고 캔은 다시 호주머니에 넣었다. 그러면 막혔던 숨통이 조금 열리는 것 같았다. 입을 씻고 교실로 돌아가면 다시 책을 볼 수 있었다.

　민준은 호주머니에서 캔을 꺼냈다. 저녁 시간에 사 온 맥주는 표면에 물기를 잔뜩 달고 있었다. 꼭지를 비틀어 따려는데, 저쪽에서 인기척이 들렸다. 민준이 엉거주춤하는 동안 사람 형상은 점점 가까워졌다. 놀랍게도 창우였다.

　"어떻게 여길…… 잘, 잘 지냈어?"

　민준은 여기서 창우를 만난 게 믿기지 않았다.

　"놀랐지? 미안. 재희에게 내 안부를 물어주었다 해서…… 여기까지 오게 됐어."

　어둠이 조금 익숙해지자 창우가 스탠드에 앉았다. 몇 걸음 떨어진 자리에 민준도 앉았다. 중학교 느티나무 아래라면 창우 팔뚝 살을 느낄 정도로 붙어 앉았겠지. 1학년 때만 하더라도 이만큼은 아니었어. 민준은 자신과 창우 사이의 공간을 바라보았다.

　"요즘 열공한다고…… 재희에게 들었어……"

엉뚱한 말이 툭 튀어나왔다. 자주 느끼지만, 말은 생각이나 마음과 다르게 나오는 경우가 많았다.

"흐흐, 그래. 후회도 않고 핑계도 안 대려고 열심히 한다. 할 만해. 그런데 너는 아직도 여길 오냐?"

"아니, 오늘 어쩌다가……"

"거짓말. 그동안 여기서 너를 몇 번 봤어. 자리 뺏겼구나 하면서 돌아서곤 했어."

"뭐?"

창우 말에 민준은 피식 웃고 말았다. 둘도 없는 친구였다는 게 이런 건가, 창우가 문과로 가고 난 뒤 한 번도 못 봤는데 그다지 어색하지 않았다.

"민준아, 사실은 부탁이 있어서 왔어. 모처럼 만나서 할 말은 아니지만 하도 급해서……"

민준은 창우를 바라보았다.

"교지편집장 서준영 알지?"

"스마일보이?"

"맞아. 30년 전통 얄개분식 손자."

"오늘은 내내…… 아니다. 그런데 왜……"

"얄개분식이 지금 문 닫을 지경이야…… 조물주보다 더 높은 건물주가 네 할아버지고, 네 아버지가 사장님이셔."

창우 얼굴에 땀이 뱄다. 후텁지근한 바람 한 줄기가 플라타너스를 돌아 나갔다.

"모아둔 돈은 없는데 임대료가 두 배로 뛰었대. 로터리 경리단 길이니 뭐니 해서 매스컴을 타 그런지 모르겠는데, 우리 같은 사람에게는 마른하늘에 날벼락이야."

민준은 점점 벌게지는 창우의 얼굴을 바라보았다. 둘도 없는 친구는 먼 과거의 일일 뿐이라지만, 민준이 알고 있던 창우가 아닌 것 같았다. 아무리 친구라지만 남의 집안일까지 나서는 게 낯설었다. 신발장 앞에서 당황하던 스마일보이의 얼굴도 떠올랐다. 며칠 동안 민준의 주위를 맴돌며 무슨 생각을 했을까 싶으니 마음이 편치 않았다.

"그러잖아도 여름철 장사가 젤 힘든데 외할머니가 암 진단을 받으셨고…… 이달 말까지 재계약 못 하면 가게를 비워야 한대. 기한이라도 늦춰달라고 사정하고 싶은데 사장님은 연락 안 되고…… 이러다가 옆 가게처럼 쫓겨날까 봐 걱정이 이만저만 아니야."

이제 창우는 숫제 울먹이기라도 할 판이었다.

"최민준, 좀 도와주라. 걔가 너 만나러 몇 번이나 갔었어. 도무지 입이 떨어지지 않았을 거야. 내가 너 만나는 것도 몰라…… 남편 죽고 동생 죽은 그 집 엄마, 이제 평생 의지하던 어머니까지 돌아가실 판에 이 난리까지 겹치니 지금 제정신이 아니래. 왜 안 그렇겠어."

"나는…… 아무것도 몰라."

"그러니까 이렇게 부탁한다잖아. 너네는 아주, 아주 조금이지만 스마일보이에게는 전부란 말이야. 제발 사장님께 사정을 헤아려달라고 말해줘. 회장님, 그래 회장님께 말씀드려주면 안 될까? 너희 할아버지는 예전부터 네 말이면 다 들어주셨잖아. 응?"

민준은 어찌해야 좋을지 알 수 없었다. 12년이나 학교를 다녔지만 이럴 때 어떻게 해야 하는지는 배우지 못했다. 민준은 창우의 눈길을 피했다.

"어떻게 좀 해달라고, 너는…… 다 가졌잖아. 다 네 편이잖아……"

창우의 눈이 번들거렸다. 가까이서 매미가 울었다.

"야! 아……"

창우가 큰 소리를 쳤다가 얼른 꺾었다. 돌아서서 스탠드 바닥을 두어 번 치더니 다시 민준을 바라보았다.

"아, 미안해. 내가 지금 왜 이러지? 너한테 화낼 일이 아닌데…… 어쨌든 민준아, 좀 도와줘."

"……생각해볼게."

민준은 가까스로 말했다. 창우에게는 만족스러운 대답이 아니겠지만 자신이 어찌할 수도 없는 일이었다.

창우는 제 머리카락을 헝클며 돌아섰다. 그 순간 민준은 자기도 모르게 울컥 치솟는 말을 내뱉고 말았다.

"나도 함 묻자. 아무리 친구라지만 재희나 네가 이렇게까지 나서는 이유가 뭐야?"

창우가 걸음을 돌려 다시 앉았다. 밤인데도 매미가 기세 좋게 울어댔다.

"글쎄다. 덜 억울하려고…… 덜 외로우려고…… 기댈 게 사람밖에 없으니까. 뭐, 그런 거……"

"그렇구나…… 우정이…… 부럽네."

"별소릴. 기회가 없겠지만, 네가 그런 상황이라도 나는 나선다…… 친구잖아."

창우 눈썹에 힘이 들어가고 미간이 모였다. 생각이나 감정에 골몰할 때의 습관이 기억났다. 잊히지 않았다는 게 신기하기도 했다. 창우는 맥주 캔을 집어 입에 댈 듯하더니 다시 내려놓고 일어섰다.

창우는 가고 민준은 남았다. 나무 위에서만 매미가 우는 게 아니라 민준의 머릿속에서도 왕왕거렸다. 매미는 너는 다 가졌잖아, 다 네 편이잖냐고 반복해서 말하는 것 같았다. 그동안 생각하지 않았던, 어쩌면 피하고 있었던 세상이 모습을 드러내고 있었다.

당연하게 여겨온 자신의 기반은 누군가의 희생이 전제된 것이었다. 상위 1퍼센트의 성적은 수많은 재희가 있어서 가능했다. 스마일보이 집은 하루도 쉴 틈 없이 일했으나 결국은 내쫓길 위기에 처했다. 예전에 창우 집도 그랬지. 그래서 창우는 알렉산더와 헤파이스티온은 우정으로 엮일 수 없는 사이라고 말했던 것일까?

치이이이치이이이 치이이이치이이이. 3차시 예비 종이 매미 소리보다 더 크게 울렸다. 민준은 식어 빠진 맥주를 바닥에 부은 다음 천천히 일어섰다.

*

다음 날 야간자습 마지막 시간, 민준은 사물함에 넣어둔 사전을 꺼냈다.

오마주   다른 작가나 감독에 대한 존경의 표시로 특정 대사나
장면 등을 인용하는 일.

모르는 단어는 아니었다. 6월 모의고사 국어 지문으로도 나왔는데 갑자기 묻는 바람에 대답하지 못했다. 민준은 사전을 들고 자리에서 일어나 복도 끝에 놓인 컴퓨터 앞에 앉았다. 민준이구나, 열심히 하네. 지나가던 감독 선생이 말했다. 민준은 사전을 세워놓고 유튜브 창을 열었다. 인강이나 자료 찾기에만 사용할 수 있는 컴퓨터라지만 애들은 게임도 한다고 들었다. 민준은 그때 흘려들었던 요령대로 작은 화면을 아래로 내리고 상체를 앞으로 내밀었다.

'개뿔'을 치는 손이 떨리고 마음이 두근거렸다. 클릭 한 번으로 재희가 불렀던 노래는 물론 핑크플로이드, The Wall, Wish You Were Here가 줄줄이 떴다. 민준은 저 멀리 보이는 감독 선생을 쳐다보며 헤드셋을 꼈다. 귀를 찌르고 눈이 고정되는 영상이 펼쳐졌다.

차가운 교실, 쇠몽둥이로 무장한 어른이 내미는 알약, 나가는

학생과 막으려는 어른, 깨지고 싸우고…… 희고 붉고…… 쓰러지고 일어서고…… 노래하고 춤추고……

민준의 가슴도 쿵쾅거리다가 고요해졌고, 뜨거워지다가 싸늘해졌다. 「더 월The Wall」을 이어서 들었다. 수십 년 전 노래라는 게 믿기지 않았다. 지금과 별 차이 없는 현실이 세련된 사운드와 강렬한 화면에 들어 있었다.

영상이 끝나도 마음은 여전히 벌렁거렸다. 「더 월」에서 빠져나온 민준은 「개뿔」 재생 버튼을 다시 눌렀다. 이번엔 재희가 부르던 구절을 포함해 가사가 선명하게 들렸다. 내용이 자신을 향하고 있는 것 같아 뜨끔하기도 하고 반발심이 일기도 했다.

밤 10시, 또 하루가 지나고 있다. 영혼 없이 앉아 있는 매 순간은 힘들기만 한데 돌아서면 금방이다. 어머니 차가 로터리를 돌고 있다. 학원, 술집, 카페 곳곳에 불빛이 내린 로터리 주위는 쏟아져 나온 학생들로 분주하고 복잡했다.

오늘 밤은 학원 수업이 없으니 집으로 바로 갈 수 있다. 민준은 차창을 내렸다. 삼삼오오 거리를 장악한 애들의 말과 웃음소리가 들렸다. 미지근한 공기와 함께 기름 냄새, 매운 냄새도 들어왔다. 가게 입구에 서서 스마일보이가 돈을 받고 있었다. 교복을 입은 채로 지폐를 길게 접어 든 모습이 낯설었다.

　　경쟁하는 동안 너의 영혼은 어디로

적응하는 동안 너의 시와 음악은 어디로
내비게이션 No 차라리 길을 잃을래
내비게이션 No 차라리 길을 잃을래

민준은 머릿속에서 맴도는 노래를 지우며 말했다.

"엄마, 저기죠? 영주 이모가 갔다던 곳, 얄개분식."

"맞아. 나도 여고 다닐 때 저 집에서 많이 놀았는데, 그때가 청춘이었네. 내가 쓴 낙서는 남아 있을까? 비 온다고 한마디, 맛있다고 한마디, 친구랑 싸워서 한마디. 그때는 좋은 것도 많고 웃을 일도 많고 슬픈 일도 많고…… 저기서 수다 떨 땐 이리 살 줄 몰랐지."

"지금 내 나이 때에?"

민준의 말에 어머니가 얼른 입을 다물고 백미러를 보았다.

"그, 그렇네."

"저 건물이 할아버지 거 맞아요?"

"얘기 안 했던가? 하긴 알 필요도 없어. 저 건물에 병원 차릴 것도 아니고. 너는 그냥 공부만 하면 돼. 나머지는 내가 다 알아서 할 거야."

언제나 똑같은 결론, 민준은 입을 닫고 차창을 올렸다. 백미러로 어머니의 눈길이 느껴졌다. 뭔가 할 말이 더 있는 표정이었다.

"민준아, 너 혹시 성택이 연락 받았어?"

뜨끔했지만, 민준은 고개를 저었다.

"애가 영 이상해졌단다. 검정고시도 안 쳤대. 무슨 단체에서 일한다면서 애들에게 전화하고 그런다더라. 학생도 아니면서 학생인권조례 어쩌고저쩌고하면서 말이야. 혹시 전화 오면 아예 받지 마. 그 집 부모도 영 딱하게 됐어. 아들 똑똑해서 위세 등등했었는데……"

"무슨 이유가 있겠죠. 그 친구가 막무가내로 그럴……"

"얘 좀 봐, 큰일 날 소리. 암튼 성택인 안 된다. 곧 유학 가게 될 거야."

민준은 몸을 앞으로 당기며 말했다.

"예? 유학요?"

"어쩌겠어, 보내야지. 부모 체면도 있는데 저리 둘 수 없잖아. 여기 사람들, 외국 학교까지 서열을 꿰고 있는 것도 아니고."

민준의 팔에 오싹 소름이 일었다. 얼마 전에 만난 성택은 예전보다 표정이 여유롭고 말도 잘했다. 학교 다닐 때보다 배우고 느끼는 게 훨씬 많다고 했다. 그런데 유학이라니, 민준은 이번 주말에 잠시라도 틈을 낼 수 있을지 계산해보았다.

민준은 다시 얄개분식을 생각했다. 낮고 작은 가게였다. 내일 아침에도 그 가게엔 떡볶이와 순대 솥이 걸리고 김밥이며 튀김이 줄느런히 설까? 어제처럼, 작년처럼, 30년 전처럼……

민준은 어머니에게 스마일보이 이야기를 했다. 그 엄마와 외할머니가 아버지에게 수없이 전화했다는 말도 덧붙였다.

어느새 집 앞까지 왔다. 어머니는 차를 세우더니 민준을 똑바로 보았다.

"우리 아들, 착해 빠져서 큰일이다…… 잘 들어. 나도 그렇게 살아봐서 아는데, 그런 사람들에게는 틈을 보여서는 안 돼. 조금 내주면 점점 더 내놓으라고 해. 맡겨놓은 것처럼 말이야. 한두 군데도 아니고 인정사정 봐주면서 그만한 재산 지킬 수 있겠어? 이럴 땐 꼭 네 아빠구나. 오죽하면 할아버지가 비행기에 태웠을까. 잘 들어, 아빠는 지금 골프 여행 가신 거다. 어디로 갔는지 나도 모르는 일이고. 알겠지? 자, 암말 말고 내려."

민준은 저만치 앞서가는 어머니를 뒤따라 걸었다. 조금씩 간격이 벌어졌다.

「개뿔」이 입안에 맴돌았다. 며칠 동안 우연히 부딪힌 줄 알았던 스마일보이, 스마일보이와 하이파이브 하던 재희, 그동안 키가 자라고 목소리가 깊어진 창우…… 할아버지, 아버지, 어머니 얼굴이 눈앞에 나타났다가 사라졌다. 내일, 모레, 앞으로 많은 날 스마일보이를 어떻게 봐야 하나. 창우에게 메시지를 보내야 하나, 무슨 말을 해야 하나……

재희가 이랬었나? 민준은 어깨를 앞뒤로 조금 흔들어보았다. 신발도 끌어보았다. 피식 웃음이 나왔다.

민준은 강렬한 영상 위로 흐르던 노래를 따라 하기 위해 입을 벌렸다. 그런데 나오지 않았다. 머릿속과 입안에서만 맴돌 뿐 소리가 나오지 않았다. 민준은 당황한 나머지 그 자리에 섰다.

애쓸수록 얼굴이 점점 일그러졌다. 하지만 민준은 계속해서 혀를 굴렀다. 한참 만에 '내비게이션'이 내뱉어졌다. 엘리베이터를 잡고서 어머니가 빨리 오라고 손짓하고 있었다. 민준은 "내비게이션 No, 차라리 길을 잃을래"를 흥얼거리며 못 들은 척했다.

작은 괴벨스
─창우 4

급기야 오늘 아침, 창우는 휴대전화를 떨어뜨리고 말았다.

등교하려고 현관문을 여니 평소처럼 생머리 할머니가 서 있었다. 맞은편 경로당으로 들어가기 위해서인데, 할머니는 도어락 번호를 알면서도 덮개만 만지작거리고 있었다.

작년 가을 창우네는 그린아파트 101동 102호로 이사했다. 101호가 경로당이라 집값 할인을 꽤 받았다. 마트에서 갈아탄 '놀이방'을 하기에는 1층이 좋았지만, 집이 곧 일터라 불편한 점도 많았다.

창우는, 이미 외워버린 번호지만, 할머니가 불러주는 대로 번호를 눌렀다. 현관문을 열면 밤새 고인 실내 공기가 훅 끼쳤는데 할머니 머리카락에서 나는 냄새와 비슷했다. 그래도 거기까지는 괜찮았다. 고맙다느니, 인물이 좋다느니 말을 붙이면 난감했다. 1퍼센트의 친절로 100퍼센트 인사를 받는 기분이었다.

며느리 눈치를 보느라 해만 뜨면 경로당으로 나오는 건 안쓰러운 일이나 그것 때문에 지각할 수는 없었다. 네네, 건성으로 답하면서 휴대전화를 꺼내다가 할머니 팔에 부딪히고 말았다. 바닥으로 떨어진 휴대전화는 액정이 박살 나버렸다. 치미는 짜증으로 얼굴이 달아올랐다. 어쩐다나, 어쩐다나 당황하며 할머니가 쪼그려 앉았다. 창우는 할머니보다 먼저 휴대전화를 주워 밖으로 뛰었다. 미안하다는 말을 들었지만 대꾸하지 않았다.

3학년 2학기가 시작되었으나 아직 8월이라 아침부터 에어컨이 쌕쌕 돌아갔다. 조례 직전 도우미가 휴대전화를 거둘 때 다시 켜보았지만 여전히 먹통이었다. 아무래도 서비스 센터에 가봐야겠다. '화법과 작문' 선생을 만나기로 했으니 점심시간에는 안 되겠구나 생각하는 순간, 담임 말이 창우의 귀에 꽂혔다.

내일이면 3학년 1학기 생기부가 마감된다고 했다. 3년 생활이 모두 들어 있는 학교생활기록부는 대학 입시, 특히 학생부 종합전형의 중요한 자료가 된다. 강비는 생기부에 글 한 줄 올리기 위해 3년 동안 뼈 빠지게 활동했다면서 대놓고 떠들었다. 1학년 때만 해도 창우는 그렇게 말하는 애들이 이상했다. 하지만 언젠가부터 창우도 그 대열에 끼어 있었다. 활동과 생기부의 주객전도라 해도 어쩔 수 없었다. 모두가 뛰고 있는데 혼자 걸을 수 없었다. 함께해야 마음도 편했다.

"생기부, 청소 시간까지 확인⋯⋯"

담임을 따라갔던 반장이 종이 뭉치를 들어 보였다. 반장 말끝을 강비가 낚아챘다.

"투야?"

반장이 고개를 저으며 말했다.

"씨알도 안 먹히더라."

"하, 써근년이. 진짜 너무하네. 이번이 마지막 점검이라면서? 우리 앞길을 막아도 유분수지."

강비의 말에 여기저기서 불만이 쏟아졌다. 거침없는 쌍욕들, 귀에 거슬렸다. 강비는 창우더러 사내새끼가 유별나다지만 인상이 찌푸려지는 건 어쩔 수 없었다.

담임은 확인용으로 '생기부Ⅱ'가 아니라 '생기부Ⅰ'을 출력해준다. 출결이나 자율활동, 동아리, 진로 사항 같은 게 맞는지 보라는 거다. 그런데 학생들이 원하는 '과목별 세부능력 및 특기사항'과 '진로활동' '행동특성 및 종합의견'은 생기부Ⅱ로 출력해야 볼 수 있다. 자기소개서를 잘 쓰려면 생기부에 있는 내용을 토대로 해야 한다는데, 강비 말처럼 정말 애들 앞길을 막으려는 걸까. 설마 담임인데, 그럴 이유가 뭐가 있다고 Ⅱ를 출력해주지 않을까.

창우는 강비가 시키는 대로 행정실을 통해 생기부를 떼놓긴 했다. 그 문서에는 1, 2학년 내용이 모두 들어 있다. 어느 과목에 어떤 특기사항이 적혔는지 알 수 있고, 수업 담당 선생이나 담임이 자신에 대해 어떻게 평가한지도 알 수 있다.

하지만 문제는 지금이다. 강비 말처럼 이번 1학기에 실릴 내용이 교대에 적합해야 할 텐데 걱정이다. 강비는 창우와 달리 1학년 때부터 교대를 목표로 삼은 경우라 일관되게 준비했을 것이다. 창우가 교대를 희망하자 강비는 컨설턴트를 자처하며 도와주었다. 아예 경쟁 상대가 되지 않기에 베푸는 친절이겠지만 그래도 고마웠다. 아버지가 다른 학교 고3 담임이라 그런지, 강비는 교대는 물론 서울과 수도권 대학까지 아는 게 많았다. 입시 철이 다가올수록 창우를 포함한 여러 애들이 그에게 기댔다. 담임 의견보다 강비의 판단과 말이 우선이었다.

빡빡하게 구는 동안, 담임 서근영은 써근영을 거쳐 써근년이 되었다. 그래도 써근년이란 말은 창우 반 담장을 넘진 않았다. 대개 선생들 별명이란 게 동 학년은 물론 후배들에게도 퍼지는 걸 생각하면 이상한 일이었다.

"다른 반 애들은 지금 다 교무실 다녀. 규태, 국어교육과 간다고 하니 화작 샘이 세특 다시 써줬다더라. 일반사회 샘도 정호가 써서 가져간 글, 그대로 넣어줬어. 우리만 바보 되는 거 아냐?"

강비가 칠판을 툭툭 치며 주위 애들을 둘러보았다. 공부 좀 한다는 녀석들이라 그런지, 말이 날카롭고 긴장감마저 돌았다.

"써근년은 진짜 왜 그러냐? 왜 안 보여주는데?"

"그 고상하신 분께서 평가 기간이라 안 된다잖아. 학생이 알면 궁징하게 쓰기 어렵다고."

"아이고, 선생들이 우리를 겁내기라도 한다는 거야, 지금?"

"잘 적어주면 어디가 덧나. 담임과 부모는 한마음이라면서 그 정도도 못 해줘?"

강비가 비아냥거리고 반장과 정환이 화를 냈다. 창우도 물었다.

"Ⅱ 출력이 법적으로 안 된다는 말, 진짜야?"

"다른 반 다 해주는데 그럴 리 있나. 설령 그렇다 할지라도 보조를 맞춰야지 혼자 왜 그러냐. 나는 설마 오늘은 주겠지 했어. 오타도 많이 나온다잖아."

창우는 애들이 싫어할 줄 알면서도 다시 말했다.

"교무실에 가면 보여준대. 너도 나하고 같이 봤잖아."

"그러셔? 그냥 쓱 읽고 나와봤자 기억도 안 나는 거, 창우 너나 가라."

반장이 창우 말을 비꼬더니 말을 이었다.

"우리 엄마, 엄청 열 받아서 교육청에 전화했어. 학생이나 학부모 요구가 있으면 출력해줘야 한대."

*

2학기 개학 이후 제대로 되는 수업이 없다. 내신이 3학년 1학기 성적까지만 반영되기 때문이다. 선생들은 수능 최저 등급을 강조하지만 먹히지 않았다. 최저 등급 때문에 떨어지는 경우가 많다고 해도 귀담아듣지 않았다. 우선 급한 것 챙기기에도 하루하루가 바쁘고 힘들었다.

"학교 수업이야 내신 때문에 하는 거지, 수능은 인터넷 강의가

휠 나아. 개념 정리 확실하고 재밌고 게다가 강사가 예쁘잖아. 학벌도 얼마나 빵빵하냐. 학교 꼰대들이랑 비할 바 아니지."

강비가 떠드는 말 때문인지, 선생들은 창우네 반 분위기가 무너졌다고 탄식했다. 유달리 나빠졌다는 것이다. 그러면서 어떤 선생은 '나 홀로 수업'을 하고, 어떤 선생은 다른 책을 봐도 된다고 하고, 다른 선생은 개인 질문을 받을 테니 자습하라고 했다. 창우는 나 홀로 수업을 듣는 최후의 3인에 속했다. 새롭게 알게 되는 게 있으니 선생이 안쓰럽다거나 예의로 듣는 것만은 아니다. 강비 말을 인정하면서도 창우는 대면하며 배우는 게 익숙했다.

2, 3교시는 자습 시간이라 '자기소개서'를 완성하기로 했다. 글쓰기를 좋아하고 상도 받은 창우지만 자소서는 쓰기 어려웠다. 점심시간에 화작 선생과 상담하기로 했는데 아직 1번도 마무리 짓지 못했다. 머리를 굴리고 굴리다 동아리 수업을 적기로 했다. 이미 썼던 수학 공부와 미술 수업 때처럼 여전히 글자 수 채우기가 힘들었다.

---

1. 고등학교 재학 기간 중 학업에 기울인 노력과 학습 경험에 대해 배우고 느낀 점을 중심으로 자유롭게 기술해주시기 바랍니다. (1,000자 이내)

영어책임전담반이라는 동아리 수업을 했습니다. 정해진 양의 영어 지문을 풀고 틀린 문제에 대해 왜 틀렸는지, 자신만의 해법

은 뭐였는지 생각해서 담당 선생님께 제출하여 첨삭받고 친구들과 그걸 이용하여 토론하는 활동을 했습니다. 저는 친구들과 토론하면서 제 생각의 오류를 알게 되었으며 저와 다른 방식으로 접근하는 친구들을 보고 많이 배웠습니다. 영어는 물론 다른 과목 공부, 나아가 다른 일에도 제 방식을 고집하지 않게 되었습니다.

스스로도 오글거리는데 다른 애가 읽으면 얼마나 비웃을까. 사실 2학년 때 활동한 영어 동아리는 한 달도 못 채우고 흐지부지되었다. 자신만의 해법? 첨삭? 토론은 더더구나 없었다. 강비는 자소서란 1퍼센트의 팩트로 99퍼센트를 임팩트 있게 채우는 거라 했다. 창우는 한숨을 쉬었다. 어쩌겠나, 따라야지. 대학은 거저 가는 게 아니다……

창우는 3교시 후 교무실로 갔다. 담임은 보이지 않았다. 그런데 교무실이 때아니게 북적거렸다. 선생과 얘기하거나 함께 컴퓨터를 들여다보는 애들이 곳곳에 보였다. 세특 때문이구나, 창우는 직감했다. 음악 선생과 얘기 중인 강비도 보였다. 맞아, 교대는 예체능 세특도 중요하다 했지. 그런데 저렇게 웃는 낯에 극존칭 말투라니, 이년 저놈 하던 교실의 김강비가 아니었다. 강비뿐 아니었다. 비굴하리만큼 공손한 학생과 한없이 너그러운 선생은 각자 한 팀이 되어 다정한 사제 간으로 보였다.

창우는 화작 선생이 자리에 없어 자소서만 올려놓았다. 아무래도 외출증 때문에 다시 와야 할 것 같았다. 며칠 전에 열람한 미술 세특이 떠올랐다.

'샤갈을 좋아함.'

차라리 적지 말지, 밑도 끝도 없이 샤갈을 좋아한다고만 하면 어쩌란 말인가. 생기부 Ⅱ도 안 주는 담임인데 어김없을 것이다. 아, 하필…… 창우의 마음이 여러 갈래로 흩어졌다.

"야 이놈아, 보자 보자 하니 너무하네. 차라리 네가 써."

갑자기 들리는 고함, 창우는 고개를 돌렸다. 창우뿐 아니라 교무실의 모든 눈이 몰렸다. 학생은 인상이 일그러졌고 지구과학 선생은 노트북을 밀면서 일어나고 있었다. 느릿느릿, 조용조용하던 평소 모습이 아니었다.

"올해 따라 더 심하네. 거 선생님들, 제발 내 과목 세특은 내가 쓰는 걸로 합시다. 이제 세특까지 셀프요? 애들에게 아부할 일 있어요?"

누구에게랄 것 없이 지구과학 선생이 말했다. 교무실은 한순간 조용해졌다. 자리에서 일어나 밖으로 나가는 선생의 발소리만 크게 들렸다.

잠시 뒤 얼음 땡에서 풀려난 듯 선생과 학생들이 각자 이야기로 돌아갔다. 창우는 지구과학 선생이 빠져나간 문을 통해 복도로 나왔다. 조금씩 멀어지는 선생의 뒷모습을 한참이나 보았다. 희끗희끗한 머리칼과 구부정한 어깨가 꽤 멋져 보였다. 하지만 이내 고개를 가로저었다. 한숨이 흘렀다. 마냥 이상적일 수 없으니 그의 말에 동조할 수 없었다. 눈앞에 닥친 현실이 그랬다.

급식 후 양치까지 하려니 바빴다. 화작 선생이 권하는 의자에 앉았을 때는 땀이 다 났다. 행여 냄새라도 나면 어쩌나 싶어 창우는 몸을 약간 뺐다. 돌려받은 자소서는 온통 붉은 바다였다. 국어 과목, 특히 글쓰기는 잘한다는 칭찬을 받아왔는데 얼굴이 확 달아올랐다.

"충격받았어? 글마다 나름의 문법이라는 게 있어서 그래. 대학에서 원하는 자소서니까 날 뽑아주십쇼, 해야 하거든. 내가 체크한 것들 보이지? 자, 여기 하나만 볼까? 어떤 영어 지문을 읽었고 뭘 틀렸는지, 그래서 무슨 첨삭을 받았는지 구체적인 게 하나도 없잖아. 잘 들어. 내가 여기 적어두었듯이 '동기—도전—어려움—극복 과정—결과'가 나와야 한다고. 결과 분석이나 새로운 방향을 제시하면 더 좋고. 이게 자소서의 문법이라는 거다."

"고쳐볼게요."

"그래, 공식에 맞춰서. 아, 그런데 창우 너는 글감부터 다시 정하는 게 좋겠더라."

"……무슨 말씀인지?"

"교대 간다며? 그런데 요양원 봉사 활동을 왜 써? 지역아동센터, 사회복지관 저소득층 아동 학습지도 같은 게 있어야지. 하다못해 동료 멘토라도…… 2번 마지막 글인 미술 동아리 정도는 팬

찮다만 1, 2, 3번 모두 교대 특성이 없어."

"활동한 거라고는 교지편집부밖에 없어서……"

"뭐든 찾아내야지. 생기부 꺼내봐."

"아, 아직……"

"생기부 샅샅이 뒤져봐. 강비와 함께하든지. 엮을 게 분명히 있을 거야. 일단 쓸 거리만 정한 뒤 나랑 한 번 더 얘기해도 돼. 흐흐, 내가 너에겐 약하다. 알지?"

"예. 감사합니다."

"다 네 인성이야. 내 수업 시간에 열심히 했으니 나도 선물을 줘야지."

선생의 말에 울컥 눈물이 날 뻔했다. 스스로 지키려고 애썼던 선을 인정받은 기분이었다. 창우는 고개를 깊이 숙여 인사한 다음 복도로 나왔다. 다시 생기부가 문제였다. 1, 2학년 내용만으로는 부족하다. 어쨌든 생기부Ⅱ를 받아내야 했다.

5교시는 지구과학 시간이었다. 창우는 밖에서 자소서를 써도 되냐고 조심스럽게 말했다. 모둠 수업이나 과제 수행 때 쓸 수 있는 학생용 컴퓨터가 복도 한쪽에 있었다. 한 방 날렸던 교무실의 모습과 달리 선생은 말없이 고개만 끄덕였다. 그동안 보아온, 문과반 교실의 이과 선생으로 놀아가 있었다.

컴퓨터 한 대는 이미 다른 반 애가 차지하고 있었다. 문과 1등 민세였다. 창우는 빈자리에 앉아 화작 선생이 봐준 글을 다시 봤다. 곳곳에 빨간 줄이었다. '네가 정의를 내리면 안 됨' '지적 호기심 강조할 것' '구체적으로' 같은 메모도 있었다.

3년간 학교생활을 성실히 수행했습니다.

저는 열심히 공부하는 학생입니다.

사교육을 한 번도 받은 적 없이 자기 주도적 학습을 했습니다.

저는 꾸준한 걸음으로 끝내 이기는 거북이가 되었습니다.

"여봐라, 한숨만 쉬고 있을 줄 알았다. 어? 너도 자소서?"

창우가 걱정되어 뒤따라 나왔는지, 강비는 민세를 알은체하며 창우 글을 낚아챘다.

"꼼꼼하게 봐줬네. 역시 화작은 너를 총애한다니까."

강비가 입을 삐죽이며 말했다. 창우는 어깨를 으쓱였다. 가라앉았던 기분이 조금 나아졌다.

"써근년에게 말 못 했지? 어쩌겠어. 작년 생기부라도 꺼내봐. 함께 찾아보자."

창우는 강비와 함께 생기부를 차례차례 넘겼다.

"아, 잠깐. 이거 어때? 교과융합수업 모둠장. 네가 중심으로 활동했다 하면 되잖아."

"그 수업, 독특하고 재미있었지. 근데 우리 모둠은 나보다 민준이가 더 잘했는데."

"뭐, 어때. 네가 모둠장이라고 여기 딱 적혀 있으니 밀고 나가야지. 행사나 대회까지 연결할 수 있으니 다른 애들도 많이 적더라."

창우는 고개를 끄덕였다. 민망하고 어색한 일도 몇 번 하면 어느새 아무렇지 않게 된다. 강비에게 생기부를 보이는 게 그렇더니, 작은 꼬투리를 크게 부풀리는 것도 자연스러웠다.

"괴벨스, 넌 다 썼어?"

강비가 인사할 때는 대꾸 없던 민세가 자리에서 일어나며 말했다. 그런데 강비는 대답 대신 딴소리부터 했다.

"민세 너는 ○○대 지균 돼서 다행이다. 담임이 생기부 다 챙겨주지? 그 샘, 해마다 3학년만 맡는 이유가 다 있다니까."

○○대 지역균형이란 말이 창우 귀에 쿡 꽂혔다. 이과에서는 민준이 되었다고 했지. 그동안 공부에 지치지나 않았는지 모르겠다. 짧은 순간, 저릿한 기운이 가슴께를 가로질렀다.

"흐흐, 열심히 하란 말밖에 안 해. 요새 담임 믿고 입시 하는 사람 있나?"

"그래서 원장님이 써줬냐?"

강비가 목소리를 낮추며 은근하게 물었다.

"하, 괴벨스 호기심은 여전하다. 뭐가 그렇게 궁금해? 네 거나 신경 쓰셔. 그래야 원하는 데 가지."

민세가 저만치 물러나자 강비가 창우 쪽으로 고개를 숙이며 속삭였다.

"저 녀석, 나랑 같은 학원 다니는데 거기서 자소서 썼어. 한 문제당 100만 원짜리."

강비는 모르는 게 없었다. 학원에서 자소서를 써준다는 것도 놀라운데 100만 원이라니, 놀라 자빠질 일이다. 창우는 촌뜨기라고 놀릴까 봐 태연한 척 다른 말을 했다.

"근데 괴벨스는 뭐냐? 왜 너더러."

"자식, 1학년 토론대회 때 붙었을 때 내가 괴벨스 편을 들었다고 만날 때마다 그런다. 아, 그때는 내가 저 자식보다 못한 게 없었는데……"

창우는 괴벨스가 누구냐고 물으려다 참았다. 자소서가 급했다.

아침부터 운수 사납더니 되는 일이 없었다. 쉬는 시간마다 몸이 들썩거렸다. 외출증 때문인지, 생기부 때문인지 창우 스스로도 헷갈렸다. 교무실에 갈 때마다 종이짝을 든 애들이 눈에 띄었다. 이번엔 담임도 자리에 앉아 있었다. 창우는 마음속으로 할 말을 되뇐 다음 심호흡을 했다.

담임은 전화 통화를 하고 있었다. 창우가 가까이 가자 잠시 기다리라는 눈짓을 했다.

"교사가 애들 바라보는 눈도 부모님과 같아요. 저도 당연히 경수가 잘되기를 바라지요."

허스키한 목소리 끝이 잦아들었다. 반장 어머니와 얘기가 길어지는 모양이다. 앉아 있는 담임의 정수리에 새치 몇 올이 삐죽 올라와 있었다. 창우는 뽑아주고 싶다고 여기다가, 엉뚱한 제 생각에 피식거렸다.

"예, 당연히 그렇지요. 경수나 어머니께서 잘못한 건 없습니다. 저도 원하시는 대로 해드리면 편하지요. 요령부득하다 하셔도 어쩔 수 없는데, 우리 반 애들이 저를 원망하는 것도 알고 있지만, 그래도 제 원칙을 저버릴 순 없네요."

전화선 너머에서 반장 어머니가 뭐라고 말하는지 담임의 미간이 좁혀졌다. 창우도 덩달아 긴장되었다.

"예. 이해해주셔서 감사합니다. 저도 앞으로 경수가 수능에 올인할 수 있도록 챙길게요. 그럼요, 그렇습니다. 아무리 생기부나 자소서가 좋아도 최저 못 맞추면 아무 소용 없어요…… 예, 들어가세요. 불편하신 일 있으면 또 연락 주시고요."

생기부 출력은 물 건너갔구나, 한숨이 밖으로 흘러나오지 않도록 숨을 참았다. 창우는 전화를 끊고 자신을 올려다보는 담임에게 말했다.

"저, 저녁 시간에 외출해도 될까요?"

"응? 너도 나갈 일이 다 있어? 왜?"

"휴대전화 액정이 깨졌어요. 서비스 센터에 가봐야 해서요."

외출증을 받았으나 창우는 선뜻 돌아서지 못했다. 머뭇거림을 눈치채기라도 한 듯 담임이 옆자리를 가리키며 말했다.

"다른 용건도 있지? 이왕 왔으니 상담하자. 자소서는 다 썼어?"

속에서 말들이 왕왕거렸지만 정당한 일이 아닌 것 같아 입이 떨어지지 않았다. 창우의 우유부단함이 갑갑했는지 담임이 창우

앞으로 휴대전화를 보여주었다.

　　선생님. 경수 엄마입니다. 교육청에 처음 전화했을 때 행정 보
시는 분께서 행정규칙법 1항상 생기부 출력 가능하다고 하셔서
오전에 선생님께 그리 말씀드렸어요. 선생님 말씀대로 다시 전
화해서 생기부 담당 장학사 님과 통화해보니 3학년 생기부 출
력으로 학생과 교과 선생님들의 마찰이 있어 출력은 안 되고 눈
으로 확인하는 선은 괜찮다네요. 지금은 그 사항을 안 따르고
선생님 재량으로 출력해주는 학교가 많지만, 딱히 단속 안 한다
고 하고요. 저도 그게 불법이라면 절대 무리해서 선생님께 요청
하지 않았을 텐데 교육청에 문의했을 때 학교에서 출력해줘야
한다는 말을 듣고 제가 목소리를 높이고 말았습니다. 자식의 미
래가 걸린 문제라도 법적으로 허가된 게 아니라면 저도 더 말씀
드리지 못하겠네요. 수고하세요.

　　읽어나갈수록 불법과 재량 출력이라는 말 사이에서 길을 잃었
다. 창우는 속으로 한숨을 쉬며 휴대전화를 담임 앞으로 밀었다.
　　"그래도 나한테 갖는 섭섭함은 여전하신 거야. 그래서 방금 통
화한 거고…… 고3 담임하기 참 어렵다. 창우 너도 내가 써근년
이란 말까지 들어야 한다고 생각해?"
　　알고 있었다니, 귓불이 붉어졌다. 하지만 이렇다고도 저렇다고
도 말할 수 없었다. 괴롭고 미안했다. 담임이 컴퓨터 화면을 창우

쪽으로 돌렸다.

"화작 샘에게 자소서 얘기 들었어. 읽어봐, 도움이 될 거야. 미술 세특."

샤갈을 좋아함. 화가와 작품 보고서 발표 때 샤갈을 선택하여 초현실적인 작품 경향에 묻혀 덜 알려졌던 샤갈의 삶을 조명함. 샤갈의 작품과 그의 말을 연결한 피피티를 제작하여 화가가 창작 원천으로 삼았던 촌락 공동체의 힘, 삶과 직업에 대한 성실성을 발표함. 단순 소개를 넘어 좋아하고 배우고 싶은 작가의 삶을 추적하고 작품의 아름다움을 느꼈던 과정을 공유해서 교사를 흐뭇하게 함. 특히 초등교사라는 꿈과 연결하여 몽상을 간직하되 자신만의 방식으로 성실하게 아이들을 가르치고 싶다고 말하여 급우들의 박수를 받음.

흔히들 말하는 맞춤형 세특이었다. 이 정도면 1번 문항은 만들어질 만했다. 창우의 귓불이 달아올랐다. 1학기 때 미술 수행평가로 샤갈 보고서를 쓰긴 했다. 그때 애들은 3학년에 미술 수업이 웬 말이며 보고서까지 작성해야 하냐고 툴툴거렸다. 미술 선생이 담임을 왜 맡느냐는 강비의 말엔 동의할 수 없었지만, 창우 역시 대충 찾은 인터넷 자료를 짜깁기해서 제출했다. A, B, C 등급만 나오는 과목이라 기본만 하면 된다고 생각했다.

담임은 창우의 시선을 외면한 채 딱딱하게 말했다.

"내용 기억하겠지? 음…… 가봐."

마음이 복잡했다. 굉장히 고마웠지만, 담임의 괴로움이 짐작되어 어떤 말도 할 수 없었다. 인사하고 돌아서는 창우의 걸음이 떨렸다.

6교시가 이미 시작되었는지 복도가 한산했다. 창우는 교실로 들어가는 대신 복도 컴퓨터 앞에 앉았다.

멍하니 푸른 화면을 바라보다가 검색 창을 열어 샤갈을 쳐보았다. 남녀가 날아다니고, 알록달록한 염소가 여자와 키스하고, 깡마른 남자가 십자가에 매달려 있는 그림들이 이어졌다. 러시아, 초현실주의, 표현주의, 97세, 판화, 스테인드글라스……

'내가 써낸 보고서에 무슨 내용이 있었던 것일까. 샤갈의 삶과 교대는 어떻게 연결되는 것일까. 담임은 왜 그런 세특을 적어줬을까. 나는 어떻게 자소서를 써야 할까. 강비라면 어떻게 풀어낼까.'

창우는 컴퓨터만 노려보며 한참 동안 앉아 있었다.

아, 그렇지. 강비 생각을 하던 창우는 검색창에 '괴벨스'를 쳐보았다.

요제프 괴벨스. 나치 정권의 선전 담당. 독일 국민이 나치 정권을 호의적으로 받아들이게 된 것은 그의 헌신 때문. 대중을 지배하는 자가 권력을 장악한다. 거짓말도 자꾸 말하면 무의식적으로 받아들이게 된다.

그런가 보다 하면서 읽어 내려가던 창우는 괴벨스가 했다는 말을 만났다. 마우스를 내리던 손가락이 멈췄다. 팔에 오싹, 자잘한 소름이 돋았다.

"나에게 한 문장만 달라, 그러면 누구든지 범죄자로 만들 수 있다."

나에게 한 문장만 달라, 그러면 자소서를 잘 쓸 수 있다. 나에게 한 문장만 달라, 그러면 원하는 대학에 갈 수 있다……

"뭐 해? 불러도 모르고."
언제 왔는지 반장이 옆에 서 있었다.
"빨리 들어가자. 수학 샘이 출책한다. 담임에게 갔다고 했는데도 결과 치려고 해. 미리 들은 바 없다면서. 써근년 왕따라서 우리도 힘들어."
창우는 일어나며 담임을 꼭 그렇게 불러야 하냐고 한마디 했다. 반장은 뭔 봉창 두드리는 소리냐는 듯 눈을 크게 떴고, 창우도 무심결에 나온 말에 당황하고 말았다.

*

하루가 어떻게 지나갔는지 모르겠다. 저녁 급식 시간이 되었지만 밥 생각도 없었다. 창우는 강비에게 미술 세특을 말하지 않았다. 내용이 낯 뜨겁기도 하려니와 담임을 두고 강비가 만들어낼 말이 싫고 두려웠다. 어쩌면 담임과 싸잡혀 창우도 도마 위에 오를지 모른다. 창우는 자소서 1번은 혼자 조용히 써야겠다고 마음먹었다.

벌써 몇 번째인가 생각하며 창우는 교무실로 갔다. 외출증에 적힌 사유대로 보관 중인 휴대전화를 받기 위해서였다.

교무실 문을 여니, 오늘만큼은 다시 만나고 싶지 않던 담임이 자리에 앉아 있었다. 창우는 어색한 미소를 띠며 고개를 숙였다.

"왔어? 강비가 발 빠르네."

"무슨……"

"강비 얘기 듣고 온 거 아니었어?"

"아닌데요."

"왔으니 됐다. 좀 전에 연락 왔는데 어머니께서 전화해달라시더라. 수리하러 함께 가기로 했어?"

"아니요. 엄마는 모르시는데요."

"그래? 이 전화기 쓸래?"

"아닙니다. 밖에서 할게요."

창우는 담임에게 휴대전화를 받은 뒤 얼른 고개를 숙였다. 복도로 나와서야 고맙다는 인사를 못 했다는 게 생각났다.

공중전화기로 집에 전화했다.

— 예, 그린놀이방입니다.

어머니였다. 아직 부모님이 데려가지 않은 애들이 남았는지 전화선 너머가 시끄러웠다.

— 창우야, 휴대전화 부서졌다며?
— 어, 어떻게 알았어요?
— 생머리 할머니가 다치셨대. 휴대전화 줍는 너한테 부딪혀서 엉치뼈가 내려앉았다고 하더라. 며느리가 와서 노발대발하는데 일단 알아나 봐야지 싶어서. 네가 다친 사람 두고 나 몰라라 그냥 갈 애는 아니잖아.
— 엄마, 아니에요. 오늘도 내가 경로당 문 열어주다가 할머니 때문에 휴대전화가 떨어졌어. 할머니보다 내가 먼저 주웠고. 그길로 차 놓칠까 봐 뛰었단 말이에요.
— 공교롭게 됐네. 알았어, 걱정하지 마. 우리가 알아서 할 테니 너는 공부해.

전화를 끊고 나니 다시 속이 어지러웠다. 창우는 아침 일을 다시 되새겨보았다. 자신의 잘못이 무엇인지 알 수 없었다. 1퍼센트의 친절에 100퍼센트로 인사하던 할머니가 왜 길고넘어지는지 이해할 수 없었다.

1퍼센트 친절에 100퍼센트 감사.

1퍼센트 팩트를 99퍼센트 임팩트 있게.

한 문장만 달라, 그러면 누구든지 범죄자로 만들 수 있다.

아아, 거대 정치, 희대 학살극에 비할 바는 아니겠지만 강비만 괴벨스가 아니다.

창우도 할머니도 선생들도 경수도 경수 어머니도 모두 괴벨스다.

무엇에 졌는지 담임도 결국, 그렇게 되었다.

길
─ 민준과 창우

12월의 서울, 민준은 학사學舍라는 말을 처음 들어봤다. 하루라도 빨리 시작하자, 어머니는 한마디 말로 모든 걸 정리하고 추진했다. 아들보다 더 절망하던 모습은 찾아볼 수 없었다. 할아버지가 쯧쯧거렸으나 어머니는 전전긍긍하지 않았다. 민준이 피나게 노력했습니다, 저도 애썼고요. 처음으로 할아버지에게 대꾸도 했다. 민준은 그런 어머니가 낯설면서도 좋았다.

이상한 열기에 싸인 어머니는 며칠 동안 전화를 돌리더니 민준에게 서울로 가자고 했다. 수능으로 끝날 줄 알았던 입시 스케줄은 그렇게 다시 이어졌다.

학사라는 곳, 좁은 복도를 사이에 두고 방이 늘어서 있다. 방마다 붙어 있는 가메라, 한 사람 누우면 꽉 차는 침대와 책상, 몸을 굽히면 엉덩이가 뒷벽에 닿는 샤워 부스와 화장실. 민준은 방을 두리번거렸고 어머니는 민준의 눈치를 살폈다.

총무라는 사람이 굳어 있는 민준과 어머니에게 나불거렸다. 이만하면 넓은 편이에요. 리모델링한 지 3년밖에 안 됐고요. 인터넷으로 보셨겠지만 해마다 최상위권 합격자만 수십 명 나와요. 모닝콜에 음식 제공은 물론 통금 시간까지 관리해주니 믿고 맡기시면 됩니다. ○○학원 종합반에 들어갔다면서요. 그러면 내년에는 합격한 거나 마찬가지예요. 요즘 학교야 내신 챙기는 곳이고 진짜 공부는 여기서 하는 거예요. 재수 비용 4천, 그거 다 투자예요. 평생을 보장하는데 4억인들 아까울까 봐요…… 저기 저 건물, 십자가 보이시죠? 그 옆이 바로 학원이에요. 정시 발표만 나봐요. 그때는 여기도 빈 방 없어요. 일찌감치 시작하니 그나마 볕 드는 방을 잡은 거라고요……

322호, 어머니가 돌아가고 민준은 좁은 침대에 모로 누웠다. 현관이 손에 잡힐 듯 가까웠다. 복도를 울리는 발걸음 소리가 신경을 긁었다. 민준은 벽 쪽으로 몸을 돌렸다. 벽지 곳곳이 누릇누릇했다. 무슨 자국인지, 벌레처럼 움직이는 것 같기도 했다. 민준은 어깨며 다리를 긁다가 벌떡 일어나 앉았다. 머리가 멍하고 마음이 울컥하더니 기어이 눈물이 맺혔다.

민준은 망설임 끝에 피시방으로 갔다. 중3 겨울방학 이후로 처음이었다. 학원 앞 건물 2층, 밖에서 볼 때보다 넓고 쾌적했다. 눈과 귀를 닫아야 하는 재수생이라지만, 아버지가 사라졌다는 소식을 듣고 그냥 있을 수 없었다. 어쩌면 아버지는 핑계일지도 모른

168

다. 서울 온 지 열흘이 지났는데도 아직 학원과 학사를 오가는 일상이 몸에 붙지 않았다. 학원 수업은 그런대로 받겠는데 학사로 돌아갈 시간이면 자꾸 미적거리게 되었다.

이틀 전 자정 가까운 시각, 학원 수업을 마친 민준은 학사를 지나 춥고 낯선 길을 걸었다. 어머니에게 맡긴 휴대전화가 아쉬웠다. 그때는 어머니가 날마다 메시지나 전화로 자신의 기분이며 성적을 체크할 게 싫었고 이왕 시작한 감옥 생활, 제대로 해보자는 결심도 있었다.

저만치 떨어진 길모퉁이에 공중전화가 있었다. 그런데 희준의 번호가 생각나지 않았다. 떠오르는 대로 눌러보았으나 결번이거나 다른 사람이 받았다. 난감했다. 집 번호는 알고 있지만 어머니가 받을까 봐 포기했다.

망연히 서 있던 민준은 성택을 떠올렸다. 혼자 거리를 헤맬 때 어떤 마음이었을지 새삼스레 생각났다. 유학 문제로 마찰이 심했던 성택은 최근에야 다시 집으로 돌아갔다. 민주시민교육 활동을 그만두지는 않겠지만, 내년엔 검정고시를 치고 수능도 보겠다고 했다. 성택의 번호도 기억나지 않았다. 휴대전화가 없으니 고립무원이 따로 없다.

다시 걷다가 피시방을 발견했다. 그사이 생각도 정리되었다. 이제 동생과 통할 수 있는 길은 이메일뿐이고, 민준이 컴퓨터를 만질 수 있는 곳은 피시방뿐이다. 민준은 좁은 계단을 밟아 올라갔다.

희준에게 메일을 쓴다는 게 일상을 나열하는 글이 되고 말았다. 민준은 전자기기 하나 없이, 말 한마디 없이 살아서 스스로 이상해졌나 싶었다. 그래도 계속 자판을 쳤다. 눈을 찡그리고 입을 비죽이는 동생 얼굴이 그려졌다. 희준이라면 수능 말아먹더니 이상해졌다고, 재수 없는 형이 피우는 딴전이라고 흉볼 것 같았다. 그래도 민준의 상념은 끊기지 않았다.

재수생은 재수 있는 학생이냐, 재수 없는 학생이냐. 학생은 학생인 거냐……

잠시 뒤 민준은 한 글자, 한 글자씩 지워나갔다. 혹시라도 어머니가 알게 될까 봐 걱정되었다. 가뜩이나 실망만 안겼는데, 어머니까지 비틀거리게 할 수는 없었다. 이제는 홀로서기를 해야 한다고 여기면서도, 민준이 전부인 어머니에게 그런 뜻을 비추기는 힘들었다.

민준은 그동안의 서울 생활을 몇 줄 더 적었다. 그냥 끄적였을 뿐인데 마음이 눅어지고 숨통이 넓어지는 것 같았다. 희준은 하품이나 하겠지만 글을 지우지 않았다. 그리고 진짜 용건을 남겼다.

아버지 들어오셨니?
도대체 어딜 가셨다니?
이 마당에 아버지까지 왜 그러시는 거야?

며칠 뒤 희준에게 답장이 왔다. 기다리는 동안 답답해서 혼났다. 휴대전화가 없으니 어쩔 수 없다는 걸 알 텐데도 희준은 요즘 누가 메일을 쓰냐고, 구시대의 유물이라며 낄낄거렸다.

그동안 잡념이 많았다. 아버지 일이 걱정되어 보내긴 했지만 희준이 메일을 열어볼지, 어떻게 받아들일지 신경이 쓰였다. 함께 살 때보다 더 자주 생각났지만 아는 것은 없었다. 안 해. 재미없어. 어릴 때부터 걸핏하면 내뱉는 말에 어머니가 화를 냈던 기억만 났다.

희준은 간신히 인문계에 들어갈 수준이라면서 요즘도 게임에 빠져 있는 모양이었다. 롤이며 랭커…… 민준이 모르는 말만 늘어놓고 있었다. 이제 곧 고등학생 될 놈이 아직도 그러고 있는지 걱정되었지만 답장은 반가웠다.

희준은 아버지가 어디로 갔는지 모른다고 했다. 아버지랑 간혹 저녁 운동을 같이하고 농담도 자주 나누는 것 같았는데…… 아줌마 말처럼 여자 문제가 틀림없는 걸까, 어린애도 아니고 하필 왜 이런 때 어머니를 더 힘들게 하는 걸까? 어머니도 그렇다. 왜 극구 부인하는 걸까? 할아버지가 아시게 될까 봐? 바람피우는 남편의 아내가 되기는 싫어서? 자존심 하나로 버텨온 인생이 무너지는 것 같아서? 민준의 생각이 꼬리에 꼬리를 물었다.

희준은 과외를 받는다고 했다. 국어는 창우가, 영어는 스마일 보이가 잘한다는 민준의 말을 어머니가 낚아챈 모양이다. 잘됐다 싶다. 희준이 최강학원 원장을 거부한다고 하니 어머니도 다른 방법을 택해야 했을 것이다. 그 원장, 희준을 붙들고 딴 얘기만 했겠지. 희준이 좋아할 리 있나……

아무튼 어머니의 능력은 끝이 없다. 차갑게 대했던 창우에게 뭐라고 말했을까? 스마일보이는 또 어떻게 끌어들였을까? 궁금한 게 많지만, 둘한테도 잘된 일일 테다. 입시 결과를 기다리는 동안 시간이야 많을 것이고, 수입도 다른 일보다 훨씬 나을 테니까. 그나저나 창우는 어머니의 갑작스러운 연락에 놀라지 않았을까? 지난여름 잠시 엮였던 끈을 창우는 기억하고 있을까. 스마일보이는 이제 웃고 지낼까.

아, 시험을 생각하니 속이 다시 뒤집혔다. 웬만큼 마음을 잡았다 싶은데도 불쑥불쑥 화가 치밀어 올랐다. 국가고시라면서 특정 교재에서 출제하는 것부터 이상한 거 아닌가? 쉽게 내는 게 좋은 정책이라니? 한 문제 삐끗했는데 2등급? 딴짓 한 번 안 하고 3년 동안 공부한 대가가 고작 이거? 민준은 자기도 모르게 흥분해 희준에게 군소리를 늘어놓았다.

밥, 공부, 밥, 공부, 밥, 공부, 잠으로 이어지는 일상에서 일탈해서였을까? 피시방이 끼어든 오늘 밤, 공부가 될 것 같지 않다. 민준은 아버지 소식이 오는 대로 전해주길 바란다며 메일을 끝맺었다. 보내기 버튼을 누르려다가 소식이 없으면 없는 대로 연락하라고 덧붙였다.

민준은 피시방을 나와 걸었다. 대한민국 학원 1번가라는 이곳은 자정이 지나도 불 꺼진 곳이 없다. 기괴한 풍경이다. 이 속에서 살아남을 일이 꿈만 같다. 모든 관계를 끊고 스스로 고립시켜야 이긴다는데, 민준은 이제 공부만 하던 범생이로 돌아갈 수 없을 것 같다.

아버지에 대해 보낸 희준의 메일은 놀라웠다. 희준의 생각에 더 충격을 받았는지도 모르겠다. 늘 어리다고 여겼는데 지금은 자신이 바보 된 기분이었다. 뭔가 찜찜하고 불쾌하기도 했다. 민준은 정확히 알 수 없는 이 감정을 깊이, 차근차근 생각해보기 위해 희준의 메일을 프린트했다.

학원 밖으로 나오니 생활지도 선생이 서 있었다. 잠복근무 형사를 만난 도둑처럼 민준은 놀랐다. 며칠 동안 주시하고 있었는지, 다짜고짜 민준에게 게임에 빠지면 헤어 나올 수 없다며 온갖 사례를 다 들었다.

"인터넷 강의 들었습니다."

민준은 일부러 음절을 하나씩 딱딱 끊어 말했다. 선생은 민준을 빤히 보았다.

"그래? 그럼 다행이고. 피시방 가게 되면 게임에 빠지는 것도 금방이다. 그러지 말고 태블릿을 사. 학원뿐 아니라 이 동네 학사에도 인터넷이 깔려 있어. 필요하다면 우선 빌려줄 수 있고."

피시방을 들락거리는 게 내키지 않던 민준은 잘됐다 싶었다. 최대한 공손한 태도로 인강을 열심히 듣겠다 하고 태블릿을 받아 왔다.

학사로 돌아오니 어머니가 보낸 물건이 와 있었다. 물과 과일, 약밥과 홍삼 액이 하루치 분량씩 포장되어 있다. 닷새 치 속옷과 양말 세트도 있고 손 편지도 있었다. 공부, 건강, 목표, 파이팅…… 지난번과 비슷한 내용이었다. 처음 택배를 받을 땐 눈물이 났지만 이제는 무덤덤했다. 민준은 택배 상자를 비워 책상 위에 늘어놓았다. 대신 앞서 온 먹거리들을 뜯다 만 그대로 들고 나갔다. 방에 있는 휴지통으론 감당이 안 되어서였다. 이렇게 버릴 걸 안 보내면 좋겠는데 차마 그 말은 못 하겠다. 또 다른 부담을 줄 게 틀림없다.

샤워를 오래했다. 학원 시간표를 확인하며 가방도 꾸렸다. 최대한 천천히 했지만 이내 끝났다. 할 일이 없어진 민준은 희준의 메일을 들고 책상에 앉았다. 아무리 미뤄도 끝내는 맞닥뜨리게 되는 일이 있다더니 지금이 딱 그렇다.

관심을 끌기 위해 희준이 가출한 적이 있었다는 얘기는 의외였다. 하지만 형이 알기나 하겠냐고 따지는 데는 억울한 면도 있다. 그동안 매일 새벽에 나와 한밤중에 들어가면서 중학생 동생의 상황까지 살필 여력이 없었다. 희준은 제 존재가 없다고 불만이지만, 어른들 관심을 집중적으로 받는 민준도 힘들긴 마찬가지였다. 할아버지와 어머니의 기대에 부응하기 위해 민준은 눈과 귀를 닫고 모든 걸 시험 이후로 미루었다. 심리적 부담감은 점점 커졌고 성적 이외의 일은 모두 접어야 했다. 솔직히 할아버지와 어머니의 시선에서 자유로운 희준이 부러운 적도 있었다.

희준은 아버지 소식을 모르지만 기다리지는 않는다고 했다. 한 술 더 떠 아버지를 응원한다고 했다. 아버지는 자기처럼 인정받지 못해서 시위하는 거라고도 했다. 어머니가 놀라는 걸 보고 싶어서일 거라고 할 때는 희준이 앞에 있기라도 하듯 화가 났다. 민준은 태블릿을 꺼내 자판을 쳤다.

너하고 아버지가 같냐? 어린애도 아니고 어른이 어떻게? 네 마음 짚어보면 아버지가 마찬가지일 거라고? 가장 대접? 그걸 꼭 드러내야 아냐? 정말 유치하다. 솔직히 말하라고? 그래, 아버지 못 미덥다. 어머니의 무시가 아버지를 더 힘들게 하는 거라고? 좋다. 그렇다 치자. 계속 엇나가면, 이런 식으로 사고 치면 뭐가 달라지냐? 인정받기 더 어려운 거 아냐?

여자가 있다면서 같이 가지는 않았을 거라는 건 또 무슨 말이냐? 외국인지 한국인지 모르지만 혼자 간 것만은 틀림없다니, 지금 둘이 짜고 하는 소리야? 인정받지 못하는 일, 날마다 반복하는 일에서 떠나고 싶어 했을 거라니, 그동안 아버지가 갇혀 있었다는 말같이 들린다. 일요일마다 골프장 다니고 마음 내킬 때마다 술 마시고 놀면서 뭐가 힘들단 말이야. 뭐가 부족해서 가출이란 말인가. 왜 이해해야 하는 기냐고.

그런데 자판을 두드릴수록 헛발질만 날리는 기분이었다. 메일을 끝맺고도 개운하지 않았다. 허망한 마음의 정체를 알 수 없었다. 창우나 스마일보이가 알까 봐 신경 쓰이나 하는 생각도 해보았다.

창우와 서로 모르는 것이 없던 어린 시절이 떠올랐다. 그때는 공부도 집안 형편도 아무런 문제가 되지 않았다. 사람 자체로 족했다. 창우도 그랬을 것이다. 중학교 느티나무 아래에서 나눠 마시던 맥주도 생각났다. 민준은 입안에 모래가 들어차는 것 같아 생수를 들이켰다.

*

수능을 치르고 나자 시간이 무한정 펼쳐졌다. 오후 수업이 없어지고 오전 네 시간도 그냥 흘려보냈다. 선생들은 수업은커녕 휴대전화조차 거두지 않았다. 오전 내내 영화를 보거나 자거나 휴대전화를 만지다가 종례를 했다. 오로지 출석만이 목표였다. 남자 고등학생 무단결은 평생 간다, 재수는 물론 ROTC나 해병대 지원 때 필요하다, 취업할 때도 반드시 본다…… 담임은 출결로 애들을 위협했고 대부분은 예, 네, 넵, 담임의 호명에 답했다.

겨울이라지만 한낮은 꽤 따뜻했다. 오전 수업을 마친 3학년들이 쏟아지자 교문을 지키는 2학년 학생회 간부가 한쪽으로 비켜섰다. 부러운 기색이 역력했다. 헤이, 니들도 금방이다, 열심히 해. 누군가 큰 소리로 말하자 누군가는 미친놈이라 했고, 누군가는 낄낄거렸다.

한 대 피우고 가자. 재희가 앞장서서 교회 뒤편으로 갔다. 그곳은 이미 연기가 자욱할 정도로 담배 피우는 애들이 많았다.

"야, 창우야. 내가 좀 똑똑한 거 같지 않냐?"

창우가 피식 웃자 꽁초를 비벼 끈 재희가 다시 말했다.

"저 봐. 다들 죽자고 뺑뺑이 치더니 결국 나처럼 됐잖아. 출책하러 학교 오고 담배나 피우고……"

창우는 긍정도 부정도 하지 않은 채 입꼬리만 살짝 올렸다. 틀린 말은 아니었으나 그 숱한 시간이 그냥 지나가지는 않았다. 공부를 놓았을 뿐 재희 역시 마찬가지일 것이다.

"오랜만에 얄개분식 갈까?"

"안 돼, 알바 가야 해. 시간이 돈이다. 월급 타면 내가 쏠게."

수능 전부터 고깃집에서 일한 재희는 이제 시급이 오르고 주인에게 인정도 받는다고 했다. 창우는 재희의 표정이 밝아지고 예전처럼 장난도 치게 되어 좋았다. 갑자기 친구를 저세상으로 보낸 심정을 헤아린다고 말할 수는 없지만, 누구라도 상처는 있으며 새살이 돋아도 흉터는 오래도록 남는다는 걸 알게 되었다.

과외수업 하는 날, 집에 들어서자 희준이 화집을 보고 있었다. 사같이었다. 지난가을 미술 세특과 자기소개서가 떠올랐다. 화가의 그림보다 그 기억이 오래갈 거라는 생각에 기분이 묘했다.

창우는 희준이 덮은 화집을 다시 펼쳤다. 민준 어머니는 EBS 교재를 풀어달라고 했지만 창우 생각은 달랐다. 국어 능력을 키우기 위해서, 아니 성적을 위해서라도 예비 고등학생은 다양한 책을 읽는 게 좋다고 여겼다. 창우는 민준 어머니의 요구를 토 달지 않고 들었으나 수업은 자기 뜻대로 했다. 민준 어머니와 부딪치고 싶지도 않거니와 이제 그런 정도의 융통성이 생기기도 했다. 창우는 짧은 글에서 시작해 읽고 요약하기, 말하고 쓰기를 시켰다. 다행히 희준이 즐거워하며 수업을 따라주었고 이제 제법 내용을 잘 간추려 긴 글을 적게 되었다.

창우는 희준에게 그림 하나를 정한 뒤 그 이유와 설명글을 쓰라고 했다. 아싸, 희준은 망설임 없이 화집 한 페이지를 펼쳤다. 「일곱 개의 손가락을 가진 자화상」이었다. 그림을 전공하고 싶다는 게 그냥 하는 말이 아니었나 보다. 심심할 때마다 그렸다는 크로키 수준도 상당해 보였다. 민준 어머니는 이런 아들을 두고 왜 꼴통이라고 하는지 모르겠다.

희준은 샤갈의 자화상을 한참 들여다보더니 글을 쓰기 시작했다. 고개를 약간 갸웃거리며 미간에 힘을 주는데, 중학생 최민준 같았다. 하나도 안 닮았다고 하지만 창우는 희준에게서 언뜻언뜻 민준을 보고 느꼈다.

민준 아버지는 아직 소식이 없고 어머니는 외출 중이다. 당연한 말이지만, 돈 많은 집에도 문제는 있다. 만나지 않아서 좋긴 했으나 창우는 어른들 일이 얼른 해결되길 바랐다. 그래야 멀리 있는 민준의 마음도 편해질 터였다.

수업을 마칠 즈음, 스마일보이가 왔다. 부엌일을 보던 아줌마
는 저녁 식탁에 셋이 앉는 걸 보고 퇴근했다. 맛있는 저녁에 두
툼한 과외비, 게다가 창우에게는 더 좋은 일도 있었다. 스마일보
이가 영어 수업을 하는 동안 영화를 보거나 음악을 듣는 일이 그
랬다. 집에 가봤자 빽빽거리는 아기들만 있으니 이만한 피난처
가 없었다. 거실의 빔 프로젝터는 교실 티브이보다 훨씬 컸고 오
디오 시설도 끝내줬다. 영어 수업이 끝나면 희준과 스마일보이도
합류했다.

이틀 뒤 창우를 만나자마자 희준이 은밀히 말했다.

"아빠 차가 발견됐대요."

창우는 희준이 예전에 했던 말을 떠올리며 골프 가방이 그대로
있었냐고 물었다.

"내 짐작이 맞았다니까요. 그곳이 백두대간 첫 코스래요. 아빠
는 지금 등산 중이에요. 걱정은…… 지금이 겨울이고 그곳이 아
주 험하다는 거, 검색해보니 죽은 사람도 있…… 아니에요. 아빠
는 괜찮을 거예요…… 증거 보실래요? 엄마 폰에 있던 건데, 엄
마 몰래 내 폰으로 날렸어요. 우리 형에게 전해야 할 거 같아서."

내일부터는 산에 오를 거요. 얼마나 걸릴지 모르지만, 끝자락까
지 도전할 거요. 극한으로 나를 내몰며 그동안의 일을 차근차근
생각해볼 것이오. 이해하지 못한다 해도 할 수 없소.

"두 분 사이에 무슨…… 일이 있었어?"

창우는 희준의 표정을 살피며 말했다.

"몰라요. 안들 또 어쩌겠어요. 누구나 문제는 있고 당사자들끼리 풀어야 하니까. 이럴 때는 모른 척하는 게 최선이에요."

창우는 고개를 주억거렸다. 보면 볼수록 희준은 꼴통과 거리가 멀었다. 오히려 그 나이 때의 창우나 민준보다 생각이 깊고 유연했다. 수업하는 동안 창우는 민준을 생각했다. 그리고 몇 날 며칠 망설였던 일을 오늘 밤에는 해야겠다고 마음먹었다. 민준에게 이메일 쓰기!

*

민준은 자주 태블릿을 열었다. 아버지 걱정이 먼저긴 하지만 몇 자 끄적거리고 나면 숨이 쉬어졌다. 희준이 하는 게임이나 그림 이야기도 좋았다. 어릴 적 희준이 아닌 것 같아 대견하기도 했다. 아버지가 산을 오르고 있다는 것도 다행이었다. 그리고 오늘은 창우의 메일도 있었다. 민준은 화면으로 몸을 바싹 당기며 메일을 열었다.

거실에서 누리는 영화와 음악이 좋다, 희준은 센스 있고 멋지다, 축하 파티를 해줘서 감동이었다, 그 자리에 너도 있었으면 했다…… 사소한 이야기들, 담백한 문장들이었다. 순간이나마 뭉텅 잘렸던 지난 몇 년을 잊게 했다.

창우는 인근 도시의 교대에 합격했다. 추가 합격으로 간신히 붙었다고 하지만, 목표로 삼았던 학교인 만큼 축하할 일이다. 희준이 놓치지 않고 케이크와 선물을 전했다니 형보다 나았다. 그러고 보니 희준은 어릴 때부터 어버이날이나 생신날에 직접 쓴 편지, 포장한 양말 같은 걸 자주 내밀었다. 하지만 할아버지는 민준이 삐쭉 내미는 카드를 더 좋아했다. 학교에서 단체로 만든 것에 불과한데도 그랬다. 그럴 때 희준의 마음은 어땠을까? 이제야 드는 생각에 민준은 머쓱했다.

창우는 희준을 가르친 지 벌써 한 달이라며 월급 자랑을 했다. 아들 친구라고 많이 받은 것 같다는 말에 민준은 어머니대로 셈을 정확하게 했을 거라고 답장을 썼다. 공부도 공부려니와 희준의 멘토까지 되어주고 있다는 걸 어머니도 알고 있을 터였다.

창우는 그 돈의 일부로 여행을 계획하고 있었다. 일상을 잘 꾸려나가기 위해서는 일상을 떠나봐야 한다고, 어머니 허락만 받아낸다면 희준도 함께 떠날 예정이라고 했다.

지리산 둘레길! 민준은 창우의 글을 천천히, 몇 번이고 읽었다. 마음이 자꾸 벌렁거렸다.

······우리는 그냥 걷기만 할 거야. 숲을 통과해 산을 넘고 마을을 지날 거야. 벼랑 끝도 밟고 노두렁길도 만나겠지. 혼자만의 생각에 빠져 터덕터덕, 말은 아주 조금만 할 거야. 해가 저물면 걸음을 멈추는 그곳에 배낭을 내려놓을 거야. 민박집에 깃들어 주인

이 구워주는 고구마를 먹으며 별을 세게 되겠지. 살아온 날과 살아갈 이야기들이 뒤죽박죽 쏟아져 나와도 내버려 둘 거야. 진지하게 반응하지도 않을 거야. 정신과 육체가 간질거리는 느낌만 간직할 거야……

모든 코스를 다 걸어야 한다는 목표 같은 건 없어. 걷다가 시시해지면 군내 버스를 타고, 그것도 싫으면 다른 곳으로 가볼 거야. 둘레길만 길은 아닐 거잖아. 이름 있는 다른 길도 있을 테고, 길이 없으면 만들어도 되니까 말이야…… 느티나무 나목을 만나면 걸음을 멈추겠지. 너와 함께라면 좋겠다는 마음이 절실해질 거야.

아버지는 강원도 어느 덕장에 있다고 했다. 희준과 어머니와도 통화했다고 했다. 아버지 목소리가 좋고, 어머니가 짜증을 내지도 않았다니 다행이었다. 덕장이라면 명태를 얼렸다 녹였다 하면서 황태로 만드는 곳이다. 아버지는 그곳에서 뭘 하고 있는 건지, 아버지가 찾는 건 뭔지, 일상을 떠난 아버지가 일상을 다시 꾸리는 건 언제가 될지……

오늘은 해가 바뀌고 첫 수업을 받는 날이다. 몇몇이 사라지고 그보다 많은 애가 새로 들어왔다. 하나같이 화나고 성마른 얼굴이었다. 한 달 전 민준도 그랬다. 옆이나 뒤를 돌아보지 않고 칠판과 책만 바라보다 문득 공허한 표정을 짓는 것까지 어쩌면 그

리도 똑같은지…… 수업이 끝날 때 담임 격인 선생이 지난주에
쳤던 모의고사 성적표를 나눠주었다. 예상대로 점수가 좋지 않았
지만, 예전과 달리 어머니 얼굴이 떠오르진 않았다.

사건이 없진 않았다. 민준과 같은 시기에 학원에 들어왔던 녀
석 하나가 의자를 걷어차곤 밖으로 나가버렸다. 강의실 밖에서는
욕을 퍼붓는 또 다른 목소리도 울렸다. 늦게 들어온 애들의 경악
스러운 표정, 저렇게 미치는구나 싶을 것이다.

학사에서 스치는 얼굴도 많이 바뀌었다. 보험 삼아 넣었다는
대학 합격증에 만족하거나 일단 등록해두고 다시 공부하는, 이른
바 반수로 전향한 애들이 빠져나가고 최종 불합격자가 그 자리를
메우고 있다. 아무도 인사하지 않고 아는 척하지 않았다. 서로가
서로에게 투명 인간일 뿐이다.

민준은 독기를 품은 것도, 그렇다고 딱히 힘든 상태도 아닌 채
로 하루하루를 보내고 있다. 그 잘난 대학 붙어보자 싶으면서도
왜 그래야 하는지, 꼭 그곳이어야 하는지 회의가 들었다. 다른 생
각도 많아졌다. 스스로 마음을 걸어 잠그지만 어느새 고리가 느
슨해졌다.

그곳이 어디라고 내가 간단 말인가, 어머니에게 뭐라고 한단 말
인가. 공부도 리듬이라는데, 한 번 꺼지면 회복하기 어려울 텐
데……

민준은 다짐을 다시 새겼다. 그런데 마음을 다질수록 화가 났다. 시키는 대로 한 결과가 고작 이건가 싶었다. 내비게이션 따라 왔는데 왜 엉뚱한 곳에 데려다놨는지 따지고 싶다. 게다가 이젠 목적지마저도 흐릿해져버렸다.

민준은 슬로비디오의 주인공처럼 움직였다. 우선 화장실에 오래 앉아 있었다. 아주 천천히 씻고 내일 수업할 책을 느릿느릿 챙겼다.

선 채로 영어 책을 꺼내 읽다가 집어 던지고 과탐 영역 문제집을 펼쳤다. 역시 아무 페이지나 펼쳐 큰 소리로 읽었다. 그냥 해보는 짓거리들. 민준의 눈길은 기어이 책상 밑에 넣어둔 택배 상자에 머물렀다. 어제 도착한 물건, 희준이 넣은 것이 틀림없는, 민준의 휴대전화와 충전기가 들어 있는 상자! 때맞추어 받은 희준의 메일!

형! 첫 코스는 '운봉 – 인월'로 변경했어. '주천 – 운봉'은 14킬로미터가 넘는 데다 길마저 험하다고 해. 눈 예보도 있어 하루 안에 닿기 어려울 거라고 어느 부부가 말했어. 그들을 보며 우리 아빠 엄마도 저렇게 다니면 좋겠다 싶더라. 출발은 운봉 읍사무소, 화살표와 나무 이정표가 있어서 길은 쉬웠어. 옛날이야기에서 툭 튀어나온 듯한 석장승에서 출발해 람강을 따라 걸었어. 얼어붙은 얼음장 밑으로 물이 흐르고, 청둥오리인지 원앙인지 모를 새들이 무리 지어 있었어. 황산대첩비 앞에서 처음으로 나란히 섰는데 창우 형이 우리 그림자를 찍었어. 이유는 묻지 않았어.

옥계호를 지나면서는 눈이 많이 내렸어. 바람 때문에 옆구리를 치고 들어오는 눈, 몸이 날아가는 것만 같은데 머리는 텅 비는 느낌이었어. 언제부터인가 검은 개 한 마리가 앞서거니 뒤서거니 우리를 따랐어. 갑자기 준영 형이 고함을 질렀어. 아아악, 나도 따라 고래고래 소리치고 검은 개도 컹컹 짖었어…… 그냥 걷기만 하는 건데, 단순히 걷는 일일 뿐인데 뭔가 차오르는 느낌이야.

민준은 메일을 읽으며 혼잣말을 했다.

나를 시험에 들게 하다니…… 너는 정말 나쁜 놈이다.

한 번만이라도 궤도에서 벗어나고 싶은 민준의 얼굴에 보일락 말락 옅은 미소가 퍼졌다.

그랬다. 오늘은 어제와 똑같은 하루가 아니었다. 가슴이 자꾸만 뛰었다.

민준은 아침밥을 먹는 대신 태블릿을 열어 '지리산 둘레길'을 쳤다. 이곳저곳을 넘나들며 검색하는데, 마음은 이미 '금계'와 '동강' 사이의 눈길을 걷고 있었다. 수업 중에는 일행을 따라다녔던 검은 개가 어른거렸고, 점심 먹고 나시는 경비 아지씨에게 슬쩍 고속버스터미널까지 얼마나 걸리는지 물어보았다. 자습 시간에는 옥상 눈밭에 누워 하늘을 노려보았다.

누구의 눈치도 보지 않고 마음대로…… 한 번쯤은…… 문득 아버지가 이런 심정이었을까 하는 생각을 했다. 그렇다면……

그렇다. 미래를 포기하겠다는 것도, 당장 답을 얻겠다는 것도 아니다. 단지 길을 좀 걷자는 것뿐이다!

민준은 희준에게 메일을 쓰면서 계속 화면 아래쪽의 시계를 보았다. 마지막 심야 버스를 타려면 더 이상 미룰 수 없다.

그래, 나도 갈게. 너희의 소리 없는 돈호법에 따르겠어.

민준은 택배 상자에서 휴대전화를 꺼냈다. 이미 마음은 가라앉았고, 손놀림 또한 연습한 것처럼 정확했다. 민준은 상자를 완전히 비운 다음 빨랫감을 넣었다. 간밤에 다 챙겨놓은 것들이다. 피시방에서 출력해온 메일들도 같이 넣었다. 비상시에 쓰라는 어머니 카드로 산 것이긴 하지만, 여행 상품권은 맨 위에 올렸다. 자식들의 편지를 읽고 어머니도 어디론가 다녀오길 바라는 마음에서였다.

민준은 서울 사는 동안 습관이 되어버린 혼잣말을 중얼거리며 천천히 일어섰다.

다시금 말하지만 나는 공부를 방해하는 휴대전화를 돌려주기 위해 희준이 네게 갈 뿐이야. 그런데 이왕 내려간 거, 나도 같이 좀 걸어도 되지 않을까? 숲을 지나 마을로, 산을 넘어 들판으로……

너와…… 오랜 친구와…… 나의 그림자도 함께.

작가의 말

얼마 전에 2022학년도 대학수학능력시험이 있었어요. 저는 복도감독관이었습니다. 결시자 현황표를 취합하고 화장실을 가고자 하는 학생이 생기면 동행했지요. 부정행위를 예방하기 위해 금속탐지기로 수험생을 훑기도 했고요.

규정상 개인 사물은 시험장 안에 둘 수 없으니, 복도 한쪽에 가방과 도시락이 죽 늘어섰어요. 찬찬히 보고 있자니 교실에서 안간힘을 쓰고 있을 가방 주인이 그려지더군요. 그들이 곧 창우나 민준, 재희나 준영이니까요. 그동안 그들은 공부에 시달리고, 재편된 친구 관계에 상처받고, 경쟁에 길을 잃거나 모멸감에 사로잡혔습니다. 아무리 노력해도 타고난 배경을 이길 수 없는 현실에 절망도 했고요. 매일매일 사막을 건너는 심정이었을 거예요.

그런데 사막이라고 나쁘기만 할까요? 그곳에도 별이 뜨고 꽃이 핍니다. 앎과 지혜를 전수하는 스승이 있고 오아시스를 찾아

협력하는 친구도 있습니다. 공자가 책 끈이 세 번이나 끊어질 정도로 읽었다는 『주역』의 '중천건重天乾'은 군자의 일생을 보여주는 괘인데 20대 이전을 '잠룡潛龍'의 시기로 봅니다. 아직 세상으로 나가지 않은, 물 아래 숨은 용龍이지요. 그러니 10대 독자들은 자신의 잠재력과 의지를 믿고 눈앞의 사막을 잘 건너길 바랍니다. 그리고 부모님과 선생님, 사회의 어른들은 이들을 신뢰하고 기다려주면 좋겠습니다. 다그치는 대신, 물려줄 세상이 좀더 정의롭고 평화로울 수 있도록 건강한 발판을 만들면 좋겠습니다. 어른의 본분이란 그런 것임을 명심하고 저 또한 그렇게 살려고 노력하렵니다.

복도감독은 책임과 긴장이 동반되는 수능 업무 중에서 가장 수월한 일이에요. 교직 사회에서는 나이를 먹었다는 뜻이기도 하니 씁쓸하기도 합니다. 그래도 닳은 가방을 보며 학생의 고단함을 떠올리고, 새벽부터 준비했을 도시락에서 부모님의 정성을 읽게 되는 좋은 점도 있더군요. 그러고 보니 요즘 저는 나이에 관한 생각이 유독 많습니다. '이 나이가 되어보니' 알게 되는 것들이 생기더라고요. 세상을 바라보는 눈이 깊어지고 베푸는 손은 섬세해지고 싶다는 소망도 있어요. 그러기 위해서 저는 부단히 공부하려고 합니다 공부는 평생 하는 것임을, 이 책을 읽는 10대 독자들도 알아줬으면 좋겠네요.

제가 괜찮은 어른을 꿈꾸는 건 그동안 좋은 어른들을 봐왔기 때문입니다. 삶과 글의 선순환을 보여주시는 최시한 선생님을 비롯하여 저를 일깨워주셨던 여러 어른께 감사드립니다. 동시대에 태어나 뜻을 같이하는 벗들, 나날의 일상을 나누는 동료와 학생들에게도 인사를 건넵니다. 함께해서 행복합니다.

이 책은 발표작이었던 「모래에 묻히는 개」와 「사막의 눈기둥」을 마중물 삼아 아주 긴 시간 동안 만들어졌어요. 많이 늦었지만, 공간을 내어주신 최기완 선생님과 오래 기다려준 박지현 편집자께도 감사드려요. 덕분에 책의 얼개를 잡았고 여기까지 올 수 있었습니다.

2022년 새길에서
강미